八月の遺書

能島龍三短編小説集

怪談

いや、あいつら本当にたちの悪い餓鬼でね、あたしが集めた屑から金目の物をくすねていきやがったんでさ。そいつがこんなチビだったから、あたしゃ追い掛けたんだ。二つ三つひっぱたいてやろうかと思ってね、畜生。そしたら、でけえのが出てきやがって、あの様ってえ訳でさ。終戦までは、ああいうひでえ餓鬼はいなかったね、糞。腹ァ蹴飛ばしやがって、勘弁できねえ。ま、旦那が出て来てくれて助かりやした。え？　さっき言ったって？　あたしが？　ああ、ぶっ倒れてた時、あたしが何か言いました？　へえ、そんなことを言った……。そう、まあね、あの映画館には、あたしゃついてねえんだよ。話せって言うんですかい？　こんな所で？　実は大きな声じゃ言えないんだけどね、旦那、あたし腹がペコペコ。話すどころか、息をするもの大変。おっ、丁度あそこに提灯が下がってる。どうです？　いい？　話せるねえ。そうじゃなくちゃいけないよ。もう飲んでるのかって？　そりゃね、こんな身だけど、酎を少しばかり飲みましたよ、ええ。正直言えばね。よっ、姐さん、邪魔するよ。ああ、いい店だね。ここに座りましょうや。ああ、ひでえ目に遭った。

あたしねえ、この辺に住む労働者。そうだよ、ニコヨンだプータローだなんて言わないでよ、旦那。労働者だ。あたしゃ、戦争前からこの辺りで働いてるの。昔はこういうとこにも、しょっちゅう来てましたけどね。ほら、こう、あんなお姐さんがいるようなね、こんな飲み屋で飲む酒ってのは、最近は正直言って、えらく久しぶりでしてね。よだれが出て、耳の下の、ほら、ここんとこが痛いぐらいでさあね。ああ、注文までさせてね、すいません。熱燗とゲソあたりで、ええ、とりあえず。旦那、煙草ありますか。一本恵んでくださいな。ああ、ありがてえ。はは、こりゃいい煙草だ。「光」ですかい。久しぶりだ。フー……。ま、さっきの話を詳しくってんなら、お安いご用ですがね。始めますか？　ああ、あたしゃいいですよ。実はね、ちょいと前にあの映画館で、怖い目に遭ったんですよ。その日は雨だったんですがね。ええ、お彼岸を過ぎた三月の二十三日でしたね。冷てえ雨だった。あたしゃその頃、今日とおんなしで、何日か仕事がもらえなかったんでさ。戦後七年も経ってまだこんなことやってんだからねえ、この歳ぶらさげてさあ。情けないってや情けないけどね。考えないことにしてるの。くよくよしても、どうにもならねえもの。え？　ああ、ああ、そう、その話ね。そんな訳でさ、あたしゃその日はドヤをおん出されて、ぷらぷらしてたんでさ。そいでもってほら、例の、旦那がさっき出てきなすった映画館を、ちょいと拝借したって訳なんでさ。そう、ドヤ代わりにね。ああ、酒が来ましたぜ。あっ、あっ、どうもこりゃあ、あ、じゃゴチになります。おっとっと……クックッ……いやっ、うまいねえ、こりゃ。熱燗がうまいや。ねえ、もう四月だってのに、バカに冷えやがるからね。じゃ、このゲソも、遠慮なくいただいてっ……。え？　どうやって忍び込んだかって？　やだな旦那、人聞きの悪い。お願いだから、大きな声出さないでくださいな。泥棒か何かかと思われちゃうよ。いいですか、しいってですよ。そんなの訳ァねえんです。ちょいと裏手の連れ込み旅館の塀に登って、そこの屋根伝いに、映画館の二階の便所の窓から、ごめんなさいってなもんだから。中の物に絶対手を付けない。あたしゃ泥棒じゃないんだから。手を付けないのが長続きのコツだ、ねえ。ま、そうやって中に入った、それが夜中の一時過ぎだったでしょうかね。そんでもって、廊下に並んでる長椅子に横になったんでさ。あの日は寒くてねえ、なかなか寝付かれなかった。あ、旦那、あったけえのをもう一杯いただきてえな。ええ、ああ、どうもこりゃあ……ああ、うめえや。じゃ、この煮込みも、折角ですから、はい。ほう、これもうまいわ。え？　どこまで話しましたっけ。そう、その長椅子に寝てたんですがね、しばらくするてえと、音楽やら人の声が聞こえて来たんでさ。それは映画の音、ええ、間違いない。あたしゃ震え上がったですよ。こりゃ、えれえこった。まだ誰かいやがったってね。前にも一度、技師の見習いみたいな野郎が、夜中過ぎまで機械をいじくっていたことがありやしたからね。だけどね、旦那、ちょっとばかりその時と様子が違うんでさ。何ていうかね、客席に人がいるような感じだったんだな。ざわざわしてるようなね、そんな感じがしたんでさね。そいであたしゃ、おそるおそる前の方の扉を少し開けてさ、こうやってね、覗いて見たんですわ。映画が映っとりました。嘘じゃありません。嘘ついたってしょうがないでしょ。嘘ついて得になること、何もありません。いいですか、本当のことでさ。ニュース映画が映ってました。しかし、何であんな映画がかかってたんだろ。いえね、ほら、天皇陛下が終戦後あちこち回ったでしょ。ニコニコ笑いながら、山高帽振って。あのニュース、あれはあたしはどっかで観たんだ。え？　やだな。あたしだって、こう見えても、映画くらい観ますぜ。最近はちょっとご無沙汰だけどね。もう随分前のニュース映画だった……。覚えてるんだよ。ほんとにこの人があの天皇陛下かいなと、あたしゃびっくりした覚えがあるのよ、実際。あ、旦那、もう一杯ごちになっていいですかい？　ああ、悪いねどうも。え？　ああ、それそれ、あちこちで日の丸振って歓迎されてましたでしょ。そうです。そんなことより旦那、いいですかい、その次にあたしは客席の方を見たんだ。これが何と誰もいない。映写室に技師もいねえようなんだ。映写機だけが回ってる。あたしゃ、気味が悪くなりましたね。ほら、あの劇場の椅子は、使わない時は、勝手に背もたれの方に跳ね上がるようになってるでしょ。そいつがね、あっちこっち、そうだね、四、五十人分くらいが下におりてるんでさ。それでもってね、少し経ってから気付いたんだが、その辺り全体の椅子がねえ、こう、おんおんていうか、うんうんていうか、そんな、聞こえるか聞こえねえかくらいの声を出してるんでさ。大勢の人間が泣いているようなねえ。それに混じってね、アイゴーっていう朝鮮語が聞こえるんだよ。あたしはぞっとして扉を閉めましたよ。途端にね、中の音はぴたっと止んじまいました。扉で音を立てちまったんでさ。それでね、あたしがもう一度勇気を出して中を覗いて見るとね、椅子は全部いつも通り跳ね上がってた。非常灯だけがぼーっと点いていたって訳なんでさ、ええ。何かこう、ぞくぞくしてきちまったなあ。旦那、お銚子もう一本だけ、あと、おでん奢ったってくださいな。ジャガイモとあ、その晩ですかい。え？　すいません。ええ、それだけで。ええ、チクワブと薩摩揚げ……。あたしゃ映画館を逃げ出して、駅の地下道で寝ましたよ。寒かったですがね。ええ、あたしゃそれ以来あそこには入ってない。まっぴらでさ。ああ、姐さん、そのおでん、ここよ。それともう一つ。いや、おでんの話じゃなくてさ、あたしゃこう見えても、戦時中は軍の関係で働いてたんでさ。それで兵隊に取られずに済んだんですがね。知ってるんだよ。あの映画館の所で何があったか。あ、こりゃどうも。うまいね、ここのおでんは。え？　続けろって、ああ、ちょいと待ってやってくださいな。これだけごちそうになってと……。はい、そうそう。すぐそこに駅がありましょう。この街が空襲にあった晩のことですよ。その駅にね、まだ夕方でしたがね、朝鮮人の労務者が四、五十人、貨車で運ばれて来たんでさ。痩せてぼろぼろで臭え連中だったたそうでさ。どこかの船着き場から船に乗っけて、北海道の方に送る予定だったたって話でね。どんな訳か、駅の構内の倉庫にしばらく入れておくことになったんでさ。倉庫は近くの氷会社の持ち物でしてね、床と壁が大谷石でできた、そりゃ頑丈な建物でしたよ。入り口の扉なんざ、厚さが二尺の上ありやしたから。そこに連中を入れた。ま、入れたって言うか、閉じこめたんでさね、はっきり言っちまえば。そいでもって、夜中に空襲だ。そうだ旦那、申し訳ないな。実はちょっと腹の足しになるものをね、いや、値の張るもんじゃなしに、そのう、茶漬けでも何でも、ちょっとご馳走してもらえるってえと、もう少し元気が……ああ、どうもすみやせん。ええ、ええ、もうその茶漬けで、それで十分でさ。え？　ああ、連中ですかい。一人残らず蒸し焼きだったそうですよ。戦後、その倉庫は使い物にならねえってんで、ぶっ壊したんです。その跡地に建ったのがあの映画館て訳でさ。化けて出てるんですよ。奴らが化けて出てきやがるんだ。奴らの恨みだ。こんな所まで連れて来やがって、よくも閉じこめて蒸し焼きになんぞしやがったな……。日本人は、天皇陛下からてめえのような野郎まで、みんな呪ってやるう、呪い殺してやるう……うらめしやあ……ってね。後で気が付いたんだが、あたしが映画館から逃げ出した日が、丁度この街が空襲でやられたその日だったんでさ。三月の二十三日。どうです。こええでしょ。あたしが怖がってる訳、旦那にも分かりやしたかね。

え？　空襲の晩、そういうあたしは何してたかって。丁度その夜は非番でもって、家にいやしたよ。あたしゃ当時は、まあ、所帯持ってやしたからね。その夜は、かかあと小僧と川の字で寝てやした。もちろん、いつでも逃げ出せる支度で、鉄兜を枕元に置いてね。小汚ねえ、ハモニカ長屋でしたよ。旦那にゃ思いもつかねえような貧乏暮らしでねえ。へへ、旦那、もうちょっと飲ませてやってくださいな。ええ、もちろんこれでお開きってえことで。はい、ありがとさんです。旦那、空襲は？　はあ、田舎にいらっしゃった。運がよろしかったんですねえ。え？　ああ、さよです。みんな死んじめえやした。そう、かかあも餓鬼も、ええ、二人ともね。その晩でさ……。おっと、しめっぽくなっちまったな。何の話だっけ。そう、その晩ねえ、あたしたちゃ必死であっちこっちに逃げたんでさ。こんなこと言っても知らねえ人には分からねえだろうな。うん、とにかくあたしだけが助かっちまったんだよ。え？　蒸し焼きの話が本当かって？　知らざあ言って聞かせやしょうかい。本当も何も、外からぶっとい鉄のかんぬきを下ろして、錠前を掛けたのは、このあたしなんだ。その先のこたあ知らねえけどさ。空襲の時思い出さなかったのかって？　旦那、あたしゃ怒るよ。あたしゃあの晩、かかあと小僧を連れて、火の中逃げ回ってたんだよ。そんな時に、連中のことなんか思い出せる訳がないでしょうが。あの夜は、誰だって手前のことで精一杯だったんだ。戦時中だよ。え？　後始末？旦那、旦那はあの夜の空襲の凄さを知らねえから、そんなとぼけたことが言えるんだよ。翌朝、男か女かも分からねえ黒焦げ死体がごろごろしてたんだ。あたしんとこのかかあなんざ、とうとう何も見つからなかった。小僧は裏の運河に浮かんでやしたけどね。畜生、こりゃあ、涙じゃありやせんぜ。瞼に汗かいちまったい、糞。いいですかい。何百何千って日本人がそうやって焼き殺されたんですぜ。そんな朝鮮だかの労務者の死体なんぞ、さっさと山積みされて油掛けられて、跡形もなくなっちまったでしょうよ。戦時中だよ、戦時中。そんなことがあったってえことだって、知らねえ人がほとんどだったんだ。分かりやしたかい。それにしても嫌なことを思い出しちまったもんだ、まったく。あれ？　旦那、どうしやした。もう帰りなさるんで。こら、旦那、こんな話をさせた罰だ。お銚子もう一本奢んなさいな。ねえ、いいでやしょう。何？　駄目？　最後に聞きたいって。何です？　あたしのかかあや小僧は化けて出ないのかって？　変な人だなあ。そんなこと聞く人いやせんぜ。化けて出るって、いってえ誰を恨むんです？　恨む相手がいやせんでしょう。アメリカさん？　まさか。さんざん世話になってるアメリカさんを恨む奴はいねえでしょ。こんなに何でもかんでも言いてえことが言えるようになったのも、みんなアメリカさんのお陰だもん。え？　天皇陛下？　しいっ。そういうことはでかい声で言うもんじゃありやせん。くわばらくわばら。そういやあ、空襲で死んだ人が化けて出たってえ話は聞きやせんねえ。日本人はいさぎいいんだな、きっと。あの連中は日本人じゃなかったから、ああやって化けて出るんでやしょうね。あれ、何睨んでるんです。旦那、あ、ずるいよ。話だけさせてさ、こら、お銚子もう一本。ああ、金払っちまったよ。こら、けち。何怒ってるんだよ。こら、旦那。

（『吾亦紅』二〇〇六年第一三号）

劇場にて

米倉志郎は、新宿でやっているこの芝居を、めずらしく一人で観に来た。志郎は心臓に持病があり、半年ほど前からその調子があまり良くない。だから、観劇などの外出には妻の惠子がついて来るのだが、今回はどうしても彼女の都合がつかなかった。しかし、何があっても観たい芝居だったので、心配する惠子を説得してニトロ持参で出て来た。芝居のタイトルは「鉄函《てっかん》の底」というもので、戦時の兵員輸送船を題材にしたものだ。妻に食わせてもらってきた身ゆえ大きなことは言えないが、志郎は戦争の悲惨を小説や実録に書くことを、自分の業として生きてきた。殊に二十万を超す死者を出した、戦時の民間船舶による兵員と軍需品輸送、それは志郎が高校生の頃からこの年に至るまで、ずっと調べ続けてきた問題なのである。

志郎の父親は、昭和十九年秋フィリピンのルソン島近海で戦没した。戦死公報によれば、乗っていた輸送船が潜水艦の雷撃で沈没したのだという。体の弱かった父に召集令状が来た日のことを、志郎はよく覚えている。それ以降の母の嘆きの深さと、戦後の苦労も目の前に見て育った。父は何のために、そしてどんなふうに死んだのか。戦後の貧しさの中、定時制高校に通いながら、志郎は時間を作ってはそのことに関する書籍を読みあさった。友人に父親の怨霊に取り憑かれているようだと言われたこともあった。調べれば調べる程、戦時中の父たち下級兵士の命の軽さに驚かされた。当時の軍部は、兵士を船倉に満載した輸送船を、ろくな護衛も付けずに、夥しい数の敵潜水艦が遊弋《ゆうよく》する海に次々と送り出した。装甲も施されず、船腹に大きな空間を持つ作りの輸送船は、魚雷を受ければ数分で沈没した。兵士、船員もろともである。ある記録によれば、あの戦争中に沈められた輸送船は三千六百隻以上、九百万総トン、人命被害は二十万三千人余とされている。志郎が物書きの道に進む一つのきっかけとなったのは、父親をはじめとするこの膨大な数の兵士や船員の多くが、輸送船の底から脱出することもかなわず水死したという、その信じ難い事実に触れたことであった。

この数年、極右と形容される政権によって、まるで戦前の治安維持法や軍機保護法の再来かと見まごう如き法律が、次々と成立していた。挙句は、あの悲惨な戦争を反省して作られた平和憲法までも、明治憲法以前のレベルのものに挿げ替えようしている。またも強い軍隊を持って、海外で戦争をしようという魂胆がありありと見える。最近では軍事輸送のために、民間の船員を予備自衛官にするという話まで出ている。少年期とはいえ、父の応召と戦死、空襲や疎開を通じて戦争を直接体験した身としては、そんな流れはわが身を盾にしてでも阻止しなくてはならないと思うのだ。そして何より、物書きの端くれとして、書物を書くことでの抵抗こそ、あるべき姿だと思っている。しかし、一時期世間の耳目を引いた志郎の小説や実録も、最近では主だった雑誌・文芸誌にはほとんど取り上げられることがなくなっていた。恵子に無理を言って数年前に自費出版した著作も、販売数は七百部にも届かなかった。物書きとして世の木鐸たらんと欲し、齢八十に至りしが遂にかなわず。杖を突いて国会前に赴き、枯れ木も山の賑わいと、喉が枯れる程コールして帰ってくる。自分が持つ社会への影響力はこの程度なのかと、絶望的な焦燥感にとらわれることも少なくない。恵子はそれを老人性の鬱などと言うが、志郎は実際、官邸前で己が痩躯に油を被り、火を放って抗議することさえ夢想するのである。それを思いとどまっているのは、若者やママたちから学者たちまでが、戦争法反対の声を上げ行動を始めているからだ。

そんな折、志郎は「鉄函の底」というこの芝居の広告チラシを目にした。公演は数日後に迫っていた。こんな情報からも取り残されている己に愕然としつつ、劇団に直接電話してようやく席を確保した。そうして無理を押しての単独観劇となったのである。

観客はほぼ満員で、志郎の席は前から四列目のまん中辺りだった。緞帳は上がったままで、前の方の左右両端の座席をまたいで、歌舞伎の花道のような幅広の頑丈そうな橋が渡されていた。そこに三段の木製の棚のようなものがしつらえられている。当時の輸送船で、蚕棚などと呼ばれていた兵隊の寝台であろう。ナチスドイツが作ったユダヤ人強制収容所の木製ベッドを思わせる。舞台の上手と下手にも、一つずつそれが置かれていたから、都合四つの蚕棚が並んだことになる。座席の照明が落とされ、一瞬の暗闇の後、舞台が少しずつ明るくなった。いつの間にか蚕棚の中で、幾人もの半裸の男たちが横になっている。照明は裸電球が一つ。舞台正面は入れ込みの座敷のようになっていて、兵隊帽子をかぶって、上半身裸で軍袴《ぐんこ》だけ履いた男と、褌一つの男が座り込んで花札をしている。褌が言った。

「まったく、十一月だってやがるのに、この糞暑さは何だ」

「何度も言うけどよ、俺は、上海で夏服支給された時にな、帰国はもう無し、南方行きと悟ってあきらめたぜ。これはもうヒリピン確実だってな」

そう言うと軍袴は、天井のハッチと思われる穴から伸びて、座敷の脇に大きく口を開いている、ズック地の換気用の吹き流しの中に顔を突っ込んだ。これは、船倉の底まで新鮮な空気を送るために考えられた装置で、先端は甲板の通風筒に固定されている筈のものだ。志郎は、この戯曲を書いた脚本家はよく勉強していると感心した。

「畜生、風が止まっちまってやがる。甲板で誰か口を塞いでるんじゃあるめえな」

「おいもう仕舞いにして、上で夜風に当たって一服して来ようぜ」

「おう、今から朝まで蚕棚じゃやりきれねえ」

そう言うと二人は、舞台左右に作りつけられた、いかにも急ごしらえの木製の二つのハシゴの右側のものを登り始めた。

「おいおいおめえ、玉金が丸見えじゃあねえか。ここまで生きて来て、そんなものだけは見たくなかったぜ、畜生っ」

「いやなら目えつぶって来やがれ」

観客の笑いをとりながら、二人はハッチの上の暗闇に消えていく。

すると、左側の蚕棚からやはり褌一つの兵隊が出てきて、いかにも暑そうに、そして腹痛に耐えるように入れ込み座敷に座り込んだ。蚕棚のあちこちから、ひどいいびきが聞こえている。兵隊は腕時計を見ながら、しきりと左上のハッチを気にしている。少しするとそのハッチから、船員の作業服を着た少年が下りて来た。

「ああ、佐藤さん、お待たせしました。なかなかみんな寝てくれなくて」

「しいっ、静かにして。さっきまで二人の古兵がここにいたんだからさ。それで」

「ああ、これ、クレオソートです。僕にも必要なので、全部というわけにはいきません。別の瓶に少し入れてきました。これだけで勘弁してください」

少年船員はそう言うと、小さなガラス瓶を兵隊に渡した。

「こんな深夜にありがとう。助かるよ。船酔いがようやく収まったと思ったら、腹痛と下痢だからなあ」

「便所の前で話せてよかったです。同じ街の出身なんて奇遇です。お会いできて本当に嬉しいです」

「あれが便所と呼べる代物か、君。海の上に二枚板を出してるだけじゃないか。全くあれにはたまげたよ」

「本船には、千二百人の兵隊さんが乗っていますんで、済みません、ああいうやり方しかないんです。ああ、それであまり時間がないので、佐藤さん、聞いてください。僕が前に乗ってた船は、台湾沖で魚雷にやられました。その時、こういう船倉の蚕棚にいた兵隊さんは、ほとんど全員が船もろともに沈みました。軍艦と違って、こういう船には防水区画がないんです。船腹に穴が空いたらあっという間に沈みます。だから、なるべくここじゃなく、甲板で過ごした方がいいです。本船はもう、潜水艦の魚雷を避けるために、ご存じですよね、『之の字、之の字』のジグザク航行を始めてます。佐藤さん、いざという時ここにいたら絶対に助かりませんよ」

「そうなのか。そうだろうと思ってたよ。この中に閉じ込められて死ぬなんて、恐ろしい話だよなあ。だけどな、私だけがずっと甲板に上がってるって訳にはいかないんだよ。もちろん死にたくはないけどさ」

客席の志郎も、いつかその兵隊の立場に身を置いていた。そしてそれを父親に重ねた。多くの戦友がいるのに、自分だけ助かろうとすることなど、どう考えてもできない。それより先ず、そんな気配を悟られたら、古年兵や下士官にぶちのめされるのは間違いないだろう。父親もきっとそうだったに違いない。観客としての志郎も、船底に押し込められている兵隊の気分になり、何やらたまらなく息苦しくなってきた。

舞台は佐藤という兵隊が、少年船員に自分の過去を告白している場面になっていた。

「佐藤さん、K大学に行ってたんですか。頭良くてお金持ちだったんですね」

「そんなことはないけどさ、そこでいろいろやってさ、治安維持法でとっ捕まってな。だからずっと万年二等兵さ。そんな私が、一人だけ甲板に逃げ出すことなんかできないのは分かるだろう。君の思いやりは本当に、身に染みてありがたいけれどね」

「ええっ、佐藤さんて、そ、そんな人だったんですか。ええっ、僕は憲兵になんか捕まりたくないですよ。い、今までのことはなかったことにしてください。クレオソート返してください。お願いします」

　少年船員は慌てて立ち上がると、そう言いながら頭を下げ、両手の平をつき出した。

「おいおい、今はもうただの兵隊さ。心配すんなよ。もうずうっと昔の話だよ。大丈夫だって。実はね、私から君に一つだけ頼みたいことがあるんだよ」

「何ですか」

「魚雷にやられずに無事向うに着いても、どうやら私は生き残れそうもない。そんな気がするんだ。君ははしっこくて、運も良さそうだから、無事に国に帰ったら、これを宛名の人の所に届けて欲しいんだ。こんな所で同じ街の船員に会えるなんて、本当に奇跡なんだよ。だから、な、頼むよ」

「ええっ、誰ですか、この宛名の人」

「僕の奥さんになるはずだった人さ。向うに無事着いたとしても、軍事郵便では出せないような気がしてな」

「や、や、やっぱりお断りします。軍事郵便で出せないような、憲兵に読まれると困るようなものは、僕は困ります」

少年船員は手紙を突き返そうとする。

「ハハハ、そういう意味じゃないよ。向うは激戦地だからさ、郵便どころじゃないだろうってことさ。危ない中身じゃないんだってば。私のことは忘れて、どうか幸せになってくれって書いてあるだけだよ。絶対大丈夫だからさ、頼むよ」

「本当ですね。分かりました。乗り掛かった船です。命がけでお預かりします」

そう言うと少年船員は、船員服の襟を開いて、一番奥にそれを押し込んだ。

「大げさな奴だな」

「じゃ帰ります」

大きく敬礼をして観客の笑いを取ると、少年船員は汗を拭き拭き、急なハシゴを昇ってハッチの上の闇に消えた。
佐藤一等兵はしばらくそのハッチを見上げていたが、大きなため息をつくと、
「どうせ死ぬと分かっていたらなあ」
と言った。観客としての志郎は、それに続く台詞を待った。どうせ死ぬと分かってい
たならば、何だったというのか。しかし、芝居はその答えを示さず、問いは観客たちに
投げかけられたままになった。
佐藤一等兵が自分の棚に戻って、クレオソートを口に放り込んで横になった途端、上
手の蚕棚で一人の兵隊がむっくりと起き上がると、いきなり「グエーッ」と奇声を張り
上げて棚の横の床に激しく嘔吐した。
「おいおい、大丈夫か」
「何だよ、何だよ、うるせえなあ、せっかく寝付いたっちゅうのによ」
何人かが起きあがって背中をさすったり、床を雑巾で拭ったりしている。みんな褌一
つである。
「昨日今日でやっと反吐臭えのが、収まってきたのにまたかよ。勘弁してくれよ」
「おい見ろっ、こいつ、糞も漏らしてるぜ」

「本当だ、臭えなあ、おいっ、貴様、しっかりしろ。目を覚ませ」

「ちょいと待て、こいつ意識がねえぞ。おいそこに立ってる奴、ぼやぼやしてんじゃねえ。衛生兵を呼んで来いっ」

兵隊たちの裸体が動き回り、舞台が騒然となってきた。その時志郎は、客席に吐瀉物の饐えた臭いと、大便の臭い、それに重油と皮革の匂いが混じって漂い出したのに気付いた。隣に座った白髪の人が、「これも舞台効果かね」と小声で言った。

倒れた兵隊が真ん中の座敷に横たえられた時、突然ハッチの上で騒がしい声が上がった。花札を終えて甲板に上がったさっきの二人の古兵が、ハッチからいきなり顔を出し、「右舷に、雷跡っ」「総員退避っ、退避しろっ」と怒鳴った。迫真の演技だった。凄い迫力である。まるで目の前で本当に起こっているようだった。志郎の胸は高鳴った。その瞬間、胸に畳針を差し込まれたような痛みが走った。一瞬目の前が真っ暗になり、鼻の奥に熱湯のようなものが溢れた。息が詰まり意識が遠くなってきた。志郎は、ぼんやりと自分の体に異変が起こったのだと気付いた。暗い恐怖があった。その朦朧とした意識はいつか、モノクロ映像の世界に代わっていった。

腹の底に響く轟音と共に、志郎のいる船倉は大きく揺さぶられた。それと同時に、そこに大量の水が流れ込んできた。

「総員、退船、総員退船」

どこかでそう怒鳴る声がする。志郎は、自分の頭に手をやってみた。被って来たハンチングの代わりに、短く刈り上げた濡れた坊主頭があった。上半身は裸で、褌一つである。愛用の杖も着ていた筈の上着もない。上着に入れた携帯電話も、シルバーパスの入った定期入れも、財布もなくなってしまった。周囲はいつの間にか坊主頭の兵隊だらけだ。ここは輸送船の船倉に間違いなかった。総ては夢だったのか。そうか、私は芝居を見に来ていたのではなかったのだ。ぼんやりと志郎はそう思った。私は大東亜戦争の戦場にいるのだ。私は兵隊だ。四方は鉄の壁面、輸送船の腹の中。私は兵隊で、これからフィリピンの激戦地に輸送されるところだった。そうなんだ。やっぱりそうだったのだ。七十年間、私は平和の夢を見ていたのだ。そのことが妙に納得できた。膝まで海水が上がって来た。早く退船しなくてはならない。そうしないと父のように水没してしまう。見上げるとハッチに向かって伸びているハシゴには、裸の兵士たちが群がっている。渦巻く水はすでに股まで上がってきていた。ハシゴの取り付きはずっと先だ。兵士たちの怒声がする。

「早く上がれっ」「後ろがつかえてるぞっ」「馬鹿野郎、引っ張るんじゃねえっ」「水が上がってきたぞうっ」「助けてくれえ」……

そのうち船全体が大きく傾き出した。「ウウウエエー」と巨大動物の雄叫びのような、尻下がりの音が聞こえている。船体が大きく軋んでいるのだ。船倉も大きく傾いていく。推進機のスクリューが空を切るような音もし出した。間違いなくここで死ぬ。志郎はそう確信した。

「駄目だ、助からないね」

目の前であの佐藤一等兵が言った。

「もう間に合わない。見なさいよ。まるで芥川の『蜘蛛の糸』だ。ほら、いま後ろの兵隊を蹴落とした奴、あいつは大陸で幾人もの『支那人』を殺し、女を犯し、物を盗んで家を焼いたんだよ。ほらもう一人、あそこの睾丸むき出しで、甲板に這い上がろうとしている奴、あの上等兵も奴の仲間なんだ。悪い奴は図太く生き残るものなん……」

佐藤の話が終わらぬうちに、裸電球の灯りが消えた。船倉にはほとんど光が差さなくなった。船の傾斜はどんどん大きくなり、遂には兵隊が群がるハシゴが、垂直を超える角度にまで一気に傾いた。途端にしがみついていた何十もの裸体が志郎たちの上に降ってきた。叫び声のあとにうめき声が上がり、周囲は油と血と脳漿と糞の臭いの混じった異様な臭気に満ちた。胸まで海水につかった志郎は恐怖で身が縮み、歯の根が合わなくなり、水中で大量に失禁した。股の辺りに尿の温度を感じたその途端、足が床から離れ体全体を水流に巻き込まれた。渦巻く海水の中を、志郎は幾度も掻き回された。突然、惠子の顔が鮮やかに瞼に浮かんだ。五十年以上連れ添った懐かしい笑顔だった。世話ばっかりかけて、温泉旅行一つさせてやれなかった。済まないけどこれでお別れだ。その一瞬、志郎の思考に、今自分の周りで海水に揉みしだかれている、何百という裸の兵隊たちのことが浮かんだ。その一人ひとりに妻が、子どもが、恋人が、父母がいるのだと思った。いま死にかけているその彼らがみな、志郎と同じように「済まないけどお別れだ」と、愛する者に別れを告げているのだと思った。父親もこうやって死んだ、そういう確信と共に、兵隊たちへの連帯感が湧いた。

その直後、志郎は塩水を大量に飲み込んだ。そのまま揉みくちゃになって、嘔吐しながらもう一度浮かび上がった時、すぐ頭の上に大きなハッチの穴が開いていて、どうした加減か、そこから真っ青な空とビル街が見えた。志郎の体は何かに載せられてすごい勢いで運ばれていた。ストレッチャーに乗せられているのだと志郎は思った。ヘルメットにマスクをした人が志郎をのぞき込んだ。志郎の口には酸素マスクが当てられていて、冷たい気体が流れて来る。志郎は、ああ自分は心臓の発作を起こして、救急車で病院に運ばれるのだと思った。やがてストレッチャーは赤色灯が回っている場所に着いた。あの劇場で一体何がどうしてしまったのか。何処までが現実で何処からが夢だったのか、志郎にはよく分からなかった。だが、船が魚雷を受けて沈没する船倉の光景は、あまりにもリアルだった。実体験そのものだった。これまで資料を調べて分かったつもりになって小説に書いていたが甘かったのだ。斯くまで凄まじいものには描き切れなかった。今までの私の戦争のイメージは甘すぎたのだ。志郎はぼんやりと、これは、神が自分に与えた最後のチャンスなのではないかという気がし始めた。この体験を小説にする。多くの人に影響を与えられるものが書ける気がする。平和のために、物書きとして最後の仕事ができる。これを書く。書くまでは死ねない。志郎は口にかぶされているマスクを通して、そばにいる救急隊員に自分の意志を伝えようともがいた。

「え、どうしました。何ですって。まだ死ねないって。大丈夫ですよ。軽い発作です。応急処置もよかったし、助かりますよ」

志郎は安心して目をつぶった。そして薄れていく意識の中でもう一度、絶対に書くと心に決めていた。

（『吾亦紅』二〇一六年第二三号）

碧落の風に

1

九州が梅雨に入ったというが、関東地方は真夏並みの気温が続いている。窓もブラインドも開けて外の光と風を入れ、澄田美智子は片づけを終えたテーブルで新聞を読んでいた。夫の一成は、福島原発事故での低線量被ばくの研究会に出席するため、今朝早くに出かけた。午前八時過ぎの居間は静かだ。今日は日曜日だから、近所の家々も静まり返っている。聞こえるのは自分が新聞をめくる音だけだ。そこに、突然電話の呼び出し音が鳴った。美智子は老眼鏡を外して立ち上がった。

「もしもし、ああ川村さん。え、今、お茶を飲みながら新聞を読んでたところ」

川村幸恵は近所に住む、気のおけない友人である。八十四歳の美智子より二十歳近く年下だが、地域の平和運動をもう三十年以上も一緒に続けている。

「腹が立ってね。今朝の記事読まれたでしょ。この首相、戦争がしたくてたまらないのよ。国民の安全とか何とか言ってるけど、結局自衛隊を戦場に出せるようにしたいのよ」

最近の新聞記事は、首相のこの国を戦前に回帰させるかのような動きばかりが目につく。美智子がそう言うと、その倍くらいも同意の言葉が返って来た。その最後に、幸恵は今日の午後二時間程付き合って欲しいと言った。

「いいけど、最近膝が痛くてね、あまり遠くは嫌よ」

招福寺公園の近くに住む元日本軍兵士のインタヴューなのだと言う。幸恵たちは「長浜・九条の会」のメンバーで、「長浜・平和ニュース」というミニコミ紙を出している。幸恵はよくその記事のネタを集めている。もともとは、美智子と被爆者である夫一成が、友人たちと一緒に「長浜・戦争を語り継ぐ会」というグループを作って、月に一度戦争体験者の話を聞いたり、すいとんを作って若い人に食べさせたりしてきた、その流れの運動なのだ。今日なぜ自分に来て欲しいのかと問いたい思いもあったが、夫がいないことだし、久しぶりに幸恵と話したくもなって、早めに昼食を済ませて出かけた。玄関で杖を持とうか、日傘にしようか考えたが、やはりお守りのつもりで杖を持って行くことにする。なんでもない時に、突然痛みが来る厄介な膝なのだった。紫外線除けの黒い大きな縁の帽子に、花柄の長そでブラウスというでたちで美智子は表に出た。

豊かな緑に囲まれた三つの池を持つ招福寺公園までは、美智子の家から歩いて十分ほどである。一番東の池に下る坂の途中の道端に、幸恵だけでなくもう一人若い女性が立っていた。地域の「平和祭り」で何度か見かけたことのある、まだ三十代の女性だ。美智子が近づくとにっこり笑って挨拶した。その途端に、この女性が診療所の事務の人だと思い出した。

「こんにちは、あなたお名前は、ええと、この間もうかがったわよね」

「はい、高瀬未菜です」

女性は美智子に場所を譲りながら言った。ピンクの細い眼鏡が良く似合っている。

「そうそう、ごめんなさい、高瀬さんだったわね。今日はよろしくね」

美智子がそう言うのに重ねて、幸恵が困ったような表情で言った。

「この奥の家の方なのよ。午後一時って約束したのにお留守なの。電話にも出ないし」

話す三人の脇すれすれに小型トラックが通って行く。ここを国道の抜け道として使う車が多いのだ。

「ここで待つのも何だから、池まで下ってベンチにでも座って待ちましょう。留守電に入れてあるから、あの人が携帯にかけてきたら戻って来ればいいわ」

幸恵の提案で、三人は池の大きな柳の木の下の、テーブル付ベンチに腰を下ろした。

「そうだ、いいことを思いついた。ちょっと待っててくださいね」

そう言うと未菜が立って、小走りで坂道を上がって行った。戻って来た未菜の持ったレジ袋には、アイスクリームが三カップ入っていた。

「坂の上のお店が開いてたので。どうぞ。召し上がってください」

坂の上には、週三、四日しか開かない小さな商店があるのだ。三人で木のベンチに腰を下ろした。白く冷たいバニラアイスを食べながら、美智子は今日会う人のことを幸恵に尋ねた。

「ええ、ニューギニアに派遣されていた人らしいのよね。谷川さんていう九十歳の方なんだけど、大変な体験をしているらしいの。その人の知り合いがこの間の九条の会の例会に参加していて、紹介していただいたのよ。ただね」

「ただ」

「電話でアポを取ったんだけれど、ちょっと難しそうな人なの」

幸恵が言うには、自分は戦争体験は話さない、ただ、今のこの国の在りようについては、言いたいこともあるから、それなら会って話してもいいと言ったらしい。紹介してくれた人に聞いてみると、戦争を知らない人間には話したがらないだろうが、戦争体験者になら話してくれるのではないかと言うのだそうだ。

「それで私を呼んだわけね。私は空襲を体験はしているけれど、まだ女学生だったんですからね。戦場なんて知らないわよ」

「でも私たちとは比べ物にならないわ。戦争体験者には違いないですもの。ご協力お願いします」

幸恵の難しい人という言葉で、美智子の記憶に一つの出来事が浮かんだ。

「あなたたちも気付いているでしょうけど、戦争体験を話すって、ご本人にするととてもしんどい作業なのよ。そう、もう三十年近く前になるわね。私と、まだ現役のジャーナリストだった一成とで、緑区のある公民館で、日曜ごとに開かれていた自分史講座の講師をやっていたことがあるのよ……」

美智子は遠くに目をやり、当時を思い出しながら話し出した。池の水面に二羽の水鳥が着水するのが見えた。

2

その人の名前を仮に山本さんとしておくわね。山本さんは中国大陸での戦時中の体験を書こうとしていたのだけれど、なかなかうまくいかなかった。その講座は、七、八回の勉強の後で、みんなの作品をまとめて冊子を作る訳なのよ。一成もああいう人だから、いい加減な書き方では合格にしなかったの。山本さんの文章はね、私が読んでもあまり胸を打たれないものだったの。だから何度も一成に書き直しさせられたわけ。山本さんの文章の特徴は、ひとことで言うと概念的なのよ。そうね、例えばこういうのあるでしょ。「歓呼の声に送られて、いざ戦地へ」とか、「敵の十字砲火で我々はくぎ付け」とか、「砲弾さく裂、あたりは阿鼻叫喚の巷と化した」というような、ね。慣用句で繋ぐような書き方。いつも、「その時自分は具体的にどうした」というのが抜けてしまうのね。それで最後は、「戦争ほど悲惨ものはない。二度とあってはならない」というようなまとめになるの。書き直しているうちに、一成と私は、もしかすると山本さんは、簡単には書けないような体験をしているんじゃないかと考えるようになったの。それはねえ、最初は曖昧にしていたけれど、書き直しているうちに、彼が派遣されたのが、日中戦争開始直後の上海から南京の辺りだって分かったからなのよ。私は直接聞いてみたらいいのにと思ったけれど、一成は手紙でやりとりを繰り返して、何度も書き直しを求めたの。でもなかなかうまくいかなかった。最後はもう講座を辞めたいというような手紙まで来たりしてね。ところがねえ、参加者の作品検討がもう終わりに近づいた頃のある日の講座で、事件があったの。そのグループに自称東大出の、戦時中は海軍主計中尉だったという、黒田っていう人がいてね、山本さんより年下のね。その人が話し合いの中で言ったのよ。

「そもそも南京大虐殺なんて大げさに言う程のことは無かった。何十万人も犠牲になったなどというのは作り事、中国の作り話だよ」

そう自信満々に言ったわけ。みんな複雑な表情で聞いていたわ。頷いている人もいた。私は反論したものかどうか考えていたの。そしたらその山本さんが立ち上がったのよ。そして、震える声で言ったの。訥々と、ばかっ丁寧な言い回しでね。

「あのう、お言葉ではございますが、ひと言反対意見を述べさせていただきます。自分は戦時中は陸軍伍長でございまして、戦後も一介の巡査に過ぎない人間でございます。しかしながら、今の黒田さんのお話は聞き捨てがなりません。南京でそういうことがあったのは、事実でございます。私自身がその場に、分隊長として参加しておりましたのですから、それは間違いございません。揚子江の近くの広い窪地に、多数の『支那兵』を集めまして、周囲から機関銃と小銃で一斉射撃をいたしました。今でもよく覚えております。これは作り話ではございません。急いで包囲して射撃が始まったため、反対側の友軍の弾丸で我々にも随分死傷者が出ました。恥ずかしながら、私のこれも、その時友軍の弾でやられた傷でございます。これが証拠であります」

山本さんはそう言いながら、シャツのボタンをはずして左肩の傷を見せたのよ。黒田さんは腕組みして苦々しい顔で聞いていたけれど、山本さんの話が途切れた時、吐き捨てるように言ったわ。

「山本さん、でしたっけ。山本さん、あなたがそういう体験を持っているのは事実なんでしょう。だがあまりそういう話し方はしない方がいい。そんなことは戦場では往々にして起こることです。数十人数百人の殺害を目撃したからと言って、二十万人、三十万人が殺されたという南京大虐殺の証明になるはずもないのですよ。だが知らない人が聞いたら、あなたの話が南京大虐殺があった証拠だと誤解しかねないじゃないですか」

そんな言い方をしたのよ。山本さんの顔色が変わったわ。

3

その時、山本は立ったままぶるぶる震え出したのだった。美智子はこの場をどうしたものか夫の一成を見たが、彼はいつものように穏やかな表情を崩さず、二人の次のやり取りを待っていた。少しすると山本が、喉の奥から絞り出すような声で言った。

「中隊長は、い、い、一万三千五百人だと言っていたと記憶しております。ひ、ひ、百人や二百人ではございませんでした」

やっとそう言い終わると、山本は崩れるように椅子に座った。黒田は嘲るような調子で「それだって同じことですよ」と言って、「証拠になんかならない」と続けた。全体の場での二人の話はそれで終わった。それを引き取って、夫の一成が参加者全員に向けて話し出した。戦後四十年が経ち、戦時中の記憶が風化し始めている実態があるが、私たち一人ひとりが、澄んだ目と真摯な姿勢で歴史に向き合う必要があると。そして、南京大虐殺に関して最近出された「南京大虐殺虚構説」を主張する何冊かの書籍名をあげ、最近その中のいくつかの資料の改ざんが明らかになったことを紹介して言った。

「これからも南京大虐殺についての論争は続くでしょう。私はいま事実のみを申し上げたのであって、黒田さんにも、山本さんにも、そのどちらが正しいと申し上げるつもりはありません。少なくともこの講座では。今お二人は、同じように戦争体験について執筆されています。この講座では、ご自分が戦争で体験してきたことを、嘘偽りのない澄んだ目で見つめ直し、真摯に向き合う、そのことに全力を挙げていただきたい。そうすることで、あの戦争が何であったのか見えてくるでしょう。そこから自ずと答えは出て来るはずです」

一成は、そうまとめたのだった。

そのことがあってから山本が変わった。次の週、山本が提出したのは大判のわら半紙二枚だった。どちらにも鉛筆描きの絵があって、そのあちこちにびっしりと細かい文字が書いてあった。絵は小さな子どもの描いたような拙いものだったが、それが黒田に反論した時に話した事件が起きた場所の俯瞰図だというのは分かった。細かな文字はその絵の部分部分を解説している文章だったのだ。一成はその文章を、一つずつ短冊に書き写し、それを並べて張り付けた紙を山本に渡し、それらを縫うように、その出来事だけを文章化してみるよう勧めた。それまで、出征から終戦までの出来事を、概念的な言葉で詰め込んでいた山本さんの文章がこれで変わった。

黒田を含め、講座の参加者を驚愕させたのは、多数の「支那兵」が、自分だけは撃たれまいと窪地の中央に集まり、さらに八方からの銃弾に追いつめられて、遂にはお互いの体をよじ登って人柱となり、それが幾度も盛り上がっては崩れることを繰り返したという描写だった。美智子はその事実を知らなかったが、一成は同じ現場にいた他の兵士がそのことを告白・描写している文章を、すでに別の出版物で読んでいた。そしてその告白録には、山本が言ったと同じ「支那兵」の数と、人柱の事実が記されていた。そのことを一成が講評で述べ、黒田に意見を求めると、黒田は「何も言うことはありません」と答えたのだった。

4

美智子の話に、幸恵たち二人は深いため息をついた。

「南京のこと、少しは読んだけど、日本軍がそんな殺し方をしたって、私知らなかった
……周り中から撃たれたらどこにも逃げられないものね。何て残酷な話でしょう」

幸恵の言葉に未菜は眉根を寄せて頷いた。丁度その時、幸恵の携帯の呼び出し音が鳴った。今日の目的の谷川さんからだった。娘さんの車で出かけていたのだが、渋滞に巻き込まれて遅れたらしい。三人はアイスのカップを片付けて、坂道を登った。

娘さんと思しき女性に広い玄関に招じ入れられると、しばらくして紺の作務衣を着た白髪の老人が現れた。幸恵が「お電話しました」まで言うと「川村さんですね。谷川です」と低い声で言った。谷川は痩せた背の高い男で、薄い紺色レンズの入った鼈甲縁の眼鏡をかけていた。顔の色つやからは九十にはとても見えない。谷川には左腕がなく、作務衣の袖は上衣のポケットに差し込まれている。三人の顔を見わたしてから、谷川はまた

ゆっくりと言った。

「私のことを彼がどういう風に伝えたかは知りませんが、私は、戦争体験は一切お話しませんよ」

彼というのは九条の会に来て、谷川という人の存在を教えてくれた人だ。

「はい、それは承知しておりますが……」

幸恵の声は緊張気味だ。

「ただ戦争体験のある人にならら、貴重な体験を話していただけると伺いましたので、こちらの澄田さんと一緒にお話を聞かせていただこうかと」

谷川は一度美智子を見てから、吐き捨てるように言った。

「それは彼が言ったのですか。そんなこと、私は言っていない。ＮＨＫが取材に来た時も、ＴＢＳが言ってきた時にも私は断っているんです。私は戦争体験は語りません。彼には世話にはなったが、こういったことで大変迷惑もしている。とにかく、そういうことでしたらお引き取りください」

美智子も何か言うべきと感じて言葉を探した。

「ニューギニアでご苦労されて来られたと伺いました。今の政権は、また海外で戦争を始めようとしています。戦争を知らない世代にぜひ戦場の真実をお伝え願えませんか」

精一杯美智子が言うと、谷川は白いものの混じった眉根をさらに寄せて言った。

「それは大事なことです。どなたか別の方に当たってください。それではこれで失敬。おい、みなさんお帰りだ」

娘さんに声を掛けて、谷川はきびすを返した。

「なぜ体験をお話しにならないのですか。その理由だけお聞かせください」

美智子が背中にそう問いかけると、谷川は立ち止まった。

「現代の人には、本当の理解ができないからです」

谷川はそう言うと、娘と入れ替わりに奥に姿を消した。

5

編集の打ち合わせに行くという幸恵と未菜と別れてから、美智子は一人で高台の喫茶室に寄った。樫の大木のある広場が見おろせる窓の大きなお店で、美智子は気が塞ぐとよくここに来て音楽を聞いた。ホットコーヒーを頼んで表を見ると、樫の木の上に真夏のような青空が広がっていた。あの日の空もそうだった。あの時の出来事を他人に話せるようになったのは、どのくらい経ってからのことだろうか。美智子は女学校時代に迎えた八月十五日のことを思った。その日、美智子は自決を決意し、女学校近くの海に入水したのだった。美智子はその日まで、日本の最終的な勝利を信じて疑わずにいた。玉音放送を聞いて、ただただ天皇陛下に申し訳なく、死んでお詫びしようと海に入ったのだ。そして、死にきれず溺れているところを人に助けられた。浜に寝かされて見上げた真っ青な空を、今でも鮮やかに思い出す。咳込む美智子の脳裏にはなぜか、かつて漢文の授業で習った「風は碧落を吹いて浮雲盡き」という一文が浮かんでいた。碧落とは青空のことで、青空を吹く風が浮雲を吹き払っていくという文意だ。美智子は、その吹き払われる雲のように、遙か彼方に吹き飛ばされていきたかった。ただただ、どこか遠くへ行ってしまいたかった。何処かへ消えてしまいたかった。

（今の人には信じられないでしょうね。十四、五の娘ですものねえ。谷川さんがおっしゃる通りよ……）

美智子はそう思った。

の （でも、それが事実だったのよ）

饑餓地獄と言われ、人肉食まで囁かれたニューギニアで、谷川がどんな体験をしたのかは知らない。でも、今の人が理解しようがしまいが、それが事実なら語るべきではないか。美智子はそう思った。山本さんは、あの自分史を書き終えてから、人が変わったように快活になった。頑固者でなくなったのが不思議だと、出版の祝いの時お連れ合いも言っていた。山を越えるのか壁を破るのか分からないが、そこは人間として前に出なくてはならない大事なところなのではないか。美智子はそう思った。

（そうだわ。女学校のあの日の体験を、手紙で丁寧に書いて送ってみよう。もうお互い、先はあまりないのだから、覚悟を決めましょうって……）

美智子はそう心に決めて、もう一度窓の外の樫の木と遠くに見える海、そして果てしなく広がる青い空を見上げた。

（『吾亦紅』二〇一四年第二一号）

青の断章

1

雨あがりの九州の大地には強烈な陽光が弾けていた。五月の鮮やかな新緑と木漏れ日のもと、武村忠俊は腰を浮かせて木製タイヤの自転車を走らせた。激しい振動も心地よく感じる。先ほど、同期の太田が着陸したという連絡が宿舎に届いたのだ。ここは九州の南端、大隅半島の海軍航空隊K基地で、神風特別攻撃隊の出撃基地となっている。忠俊も太田も学徒出身の特攻隊員である。このころ、たくさんの特攻機が本土各地や大陸から飛来し、連日のように沖縄方面に出撃して帰らなかった。北関東で編成された忠俊たちの神風特別攻撃隊筑波嶺《つくばね》隊も、この時期三陣に分かれてK基地に進出して来ていた。

筑波嶺隊は、主として飛行予備学生出身者で編成されていた。大学や高専から志願して入隊した者たちだから、どこか学生気分が残っていて、八機編成の隊ごとにマフラーの色を変えるなど、他の特攻隊ではあり得ないような独特の雰囲気を持っている。そしてそのことを皆で誇りとするような強い連帯感があった。忠俊は第二陣で到着していたが、その夜の空襲で自分の機体に大きな損傷が出たため、一人だけ後の隊に繰り入れられることとなり、待機を余儀なくされていたのである。一緒に突っ込むはずだった仲間は、もう数日前に沖縄方面に出撃して散華している。今日も筑波嶺隊の一部が他の隊と合同で出撃して行った。自分も数日後には彼らの後を追う。そのことが分かっているにしろ、取り残される者の悲哀を幾度も味わっているところだった。だから太田の到着には心躍るものがあったのだ。太田は東京のR大学出身で、同期の海軍飛行予備学生になった男だ。W大出身の忠俊と、共に操縦士として選抜され、厳しい訓練のなかで親しくなっていった。野球をやっていたというだけあって運動神経がよく、操縦技量では成績の上位で忠俊と競い合う仲だった。太田は第三陣として、忠俊より少し遅れてここに来ることになっていたが、途中でのエンジン故障のため、さらに遅れて単機でやって来たのだ。

　申告を終えて指揮所から出てきた痩身長躯の太田は、飛行帽を取って暑そうに坊主頭を手のひらでなでた。忠俊たちは髪を伸ばしていたが太田はずっと坊主頭だ。

「おお、武村、まだ生きとったか」

太田は忠俊を見ると、そう言って実に嬉しそうに右手を差し出した。日に焼けた顔の笑い皺が懐かしかった。

「着いた夜に爆撃を喰らってな。みんなから置いてきぼりだ」

忠俊が、そう言って太田と握手を交わした丁度その時だった。遠くから爆音が聞こえてきた。見ると、南の青空から一機の零戦が、ふらふらと着陸態勢をとって滑走路へと進入してきていた。近くにいた数人が滑走路に向かって走り出した。出撃した特攻機が帰って来たのだ。腹の下の爆弾は捨てているが、動きがまともではない。忠俊も太田と並んで走りながら零戦の動きを見つめた。

「風防が油まみれだ」

太田が叫んだ。風防から時どき操縦士の頭がのぞく。前がよく見えないのだ。脇を走る整備兵の声が聞こえた。

「あれは加嶋少尉だ」

「またあの人か」

加嶋は同じ筑波嶺隊の所属で、忠俊たちよりも一期下の予備学生出身だ。東北のＳ高専から来た、まじめな技術者気質の男だ。第一陣でここに進出していたが、最初の出撃でエンジン不良を起こして戻って来ていた。加嶋の零戦は、土埃を上げながら幾度か上下に弾んで着地すると、やがてのろのろと頭を左に振って停止した。整備兵たちが駆け寄った。小柄な加嶋が、彼らに引きずり上げられるようにして操縦席から這い出てきた。煤と油で真っ黒な顔で地面に降り立つと、油まみれの鉢巻をむしり取って地面に叩きつけた。近くに立っていた忠俊と太田の方を、一度泣き出しそうな顔で見たが、何も言わず指揮所の方に歩いて行った。忠俊たちも後を追った。指揮所の外に、一人の参謀肩章を下げた中佐が立っていた。カイゼル髭をたくわえたやや肥満気味の参謀である。着陸した加嶋が指揮所に入っていくのを睨み付けるように見ていたが、報告を終えて出て来たところで加嶋に声を掛けた。

「おい貴様、帰って来るのは二度目だそうではないか。予備士官だな。特攻に出た者がなぜ少しぐらいのエンジン不良で戻って来るのか。エンジンが止まるまでなぜ飛び続けんのか。命が惜しくなったか。そんなことで先に逝ったものに顔向けができるのかっ」

加嶋は何か言おうとするかのように顔を上げたが、相手は参謀である。やはり気を飲まれたようにまた俯いた。

「予備士官に海軍魂など求めるのが無理なのかも知れんが、せめて泰然として死んだらどうか、泰然としてっ。恥を知るがよい」

そう言いながら参謀は、自分の軍刀を地面にどんと突いた。参謀が去った後、忠俊たちは加嶋の傍に行って黙って寄り添った。加嶋からは焦げた潤滑油の臭いがした。何も言うべき言葉がなかった。「貴様らスペアが」とは言わなかったものの、予備学生出身者全体が侮辱されたように感じた。海軍では予備士官はあくまで予備であり、決して海軍兵学校出の士官たちと同等に扱われることはない。特攻に選抜される士官も、兵学校出身者と比べて、予備学生出身者が圧倒的に多かった。加嶋は油まみれの顔のまま泣いていた。忠俊も奥歯を嚙みしめた。

「司令にも同じことを言われました。戦果なんかどうでもいいんですか。途中で墜落してもいいから帰って来るなということですか。武村中尉、太田中尉、俺たちは、ただ死ねばいいっていうことなんですか……」

一度目に帰還してきた日から、加嶋は何日も何日も、雨漏りのする宿舎の隅で、毛布をかぶって横になっていたのだ。仲間たちに遅れたことを悔やんで、ただ死ぬことばかり考えていたのだろうに、その彼の機にもう一度エンジン不調が起こるとは。運命の神が加嶋に与えた試練は厳しすぎると忠俊は思った。掛けるべき言葉も見つからなかった。

2

武村忠俊の心の迷いや苦しみの処理は、毛布の下で悶々としたり、酒を浴びる程飲んだりするのとはだいぶ違っていた。大学時代に打ち込んだ剣道で、この時期の精神安定をはかっていたのだ。彼は死の決意が揺らぐと、木刀やある時は真剣を持って人気のない所に行く。裸足になり剣の形を一つひとつ決めていくだけで、心はいつか静まっていくのである。ここに来るまではそれで十分だった。しかしながら、目を見開いたまま、敵艦に激突して肉体四散する、そういう荒業を数日後に控えたこの前線基地での毎日は、実はそれほど簡単にはいかなかった。昼のうちはまだよかった。出撃する仲間を見送った日でさえ、宿舎に戻れば威勢のいい若い隊員たちのエネルギーが、忠俊の心を沈み込ませなかった。隊に数人いた予科練出身の二十歳前の下士官たちは、純粋に祖国日本の最終的な勝利を信じて出撃に向き合っていた。彼らは明るかった。ただひたすら、どうやって命中するかだけを考えているかのようだった。少なくとも忠俊にはそのように見えた。予備学生出身者にも、祖国の勝利を疑わない者は少なくなかった。宿舎の板壁には「必中轟沈」「捨身必殺」「生悠久大義」「七生報国」「不惜身命」といった勇ましい言葉が、墨書されて貼られている。そういうのを書いた連中もむやみに明るかった。忠俊にはそう見えた。そういう連中の陽気なやりとりに、昼間の忠俊は救われていた。もちろん夜一人になった時、彼らがどうなのかは知らない。

予備学生出身者の一方には、おおっぴらには言わぬが、日本の敗北は決定的だと考える者たちもいた。ここに飛来する途中で見た都市の多くが、見る影もない程の焼け野が原になっていた。沖縄も間もなく陥落するだろう。もはや米軍に対して攻勢に転ずることは不可能ではないか。日本は敗北する。戦争は終わる。彼らはそうした認識の上に、数日後に宿命づけられた自分の特攻出撃と死を、人生の中にどう意味づけるか、それぞれに苦悩していた。忠俊には、自身がそうであるが故に、その苦しみがよく分かった。

「どうせ死ぬならいかに多くの敵を道連れにするかだ」

「俺が死ぬのは愛する家族のためだ」

「敵の本土上陸を一刻でも遅らせる。そのために俺は死ぬ」

苦悩の末導き出した結論を、忠俊は何人かから聞いている。しかし、そんな彼らを含めて、隊員がここに来る直前に書き遺した遺書は、愛する祖国の勝利を信じて、笑って敵艦に突入するといったものがほとんどだった。忠俊自身も「雄心勃々」などと書いた。しかし、その時になってつくづく実感したが、遺書に残す内容はあくまで建前なのだ。遺書というものは、誰に読まれても恥ずかしくないように書くものなのである。

この宿舎に来てから、忠俊は夜一人になって床に就くと、あとに残してきた様ざまなことが、以前よりも一層強く胸に浮かぶようになった。八ヶ岳の南麓には、忠俊の老いた両親と妹が暮らしている。兄は陸軍で北支にいるらしいが生死不明だ。最近、自分が死んだ後の両親と妹の悲しむ姿が、幾度も目に浮かぶようになっている。もう一つ、忠俊には好き合った女がいた。学友の妹という、実にありふれた出会いだったが、彼女はこれ以上考えられぬような深い情愛のある女だった。特攻隊を志願した時に決意して別れたが、ここに来て、未練が肉欲と混じり合って忠俊を苛んだ。二十四歳の肉体は、死を決意しようが、出撃が決まろうが、はち切れるほどの異性への欲望を膨らませ続けた。酒を飲まない忠俊は、そんな夜、宿舎裏庭の井戸で身を清め、真剣を振るって一時間ほども汗をかくのである。そうしてさえ断ち切ることが容易でない生への執着なのである。加嶋がそこにどう折り合いをつけてきたのかは知らぬが、先程の参謀や司令の言葉で、積み上げてきた心の構えが一挙に崩れてしまったのではないか、忠俊はそれを心配していた。

加嶋は、肩を落として俯いたまま宿舎にむかって歩いて行く。その横で自転車を押しながら、忠俊は自分の思いを加嶋に伝えておく必要を感じていた。加嶋はおそらく、機体の整備と搭乗割りの関係で、忠俊と同じ最後の筑波嶺隊に編成され、太田たちの後での出撃となると思われた。こんな哀れな思いのまま死なせたくはない。後を歩く太田に合図し、忠俊は加嶋を誘って宿舎裏のあぜ道に入って、青々とした草の上に腰を下ろした。畑の土の香りと草の青臭い匂いがした。日がやや西に傾いて、辺りは柔らかな茜色に染まり始めていた。

「加嶋よ、お偉いさんもあんな奴らばっかりじゃないぞ。貴様の思いを受け止めている人だって必ずいる。それになあ、連中も今、さっぱり戦果が上がらない、空襲で施設はぶっ壊される、機体は故障だらけ、機材も燃料も足りないと、八方塞がりでいい加減腐ってるんだ。それであいう馬鹿なことを言う。気にするな」

忠俊の言葉に、加嶋は俯いたまま何度かうなずいた。立場上うなずかない訳にはいかないのだろうと忠俊は思った。加嶋の向こう側で、太田が煙草をふかし始めた。

「加嶋よ、俺はなあ、特攻で死ぬことにまだ相当怖じ気をふるってるよ。正直言うとな」

えっという顔で加嶋が顔を上げて忠俊を見た。涙と油汚れで目の周りに縞模様ができている。

「おい、ひどい顔だぞ。これで拭け」

忠俊はズボンの隠しからハンカチを出して加嶋に渡した。彼女から別れの日にもらったものだった。加嶋は「済みません」と言うとごしごしと顔を拭った。

「貴様はどうなんだ。怖じ気づいて当たり前なんだぞ。俺ら、まだ二十数年しか生きとらんのだからなあ。学業も中途だし、命は惜しい。ただなあ、俺は筑波嶺隊の連中と一緒に、あの言葉にできん程厳しい訓練を乗り越えて来たことは、俺の人生の宝だと思ってる。そして一緒に頑張ってきたあの連中は、俺の人生の最高の友だと思ってる。その懐かしい顔が、もう何十もあっちへ逝ってしまったけれどな。なっ、加嶋、司令やあんな参謀の言ったことなど忘れろ。五十番を吊るして行こうってのは、みんなで決めたことじゃないか。それは少しでも大きな戦果を上げるためだろう。死ぬためなんかじゃない」

五十番というのは五百キロ爆弾だ。特攻に出る爆装零戦は、通常二十五番と呼ばれる二百五十キロ爆弾を抱えて行くのだが、筑波嶺隊では突入の威力を高めるために五十番を装着することにし、そのための離着陸訓練も重ねてきたのだった。

「俺たちが筑波嶺隊としての最後の出撃になるだろう。なっ、加嶋、筑波嶺航空隊の誇りをもって、一緒に意気高く行こうじゃないか」

加嶋の顔が一瞬輝いたように見えた。

「分かりました。そうですよね。そう思います。ありがとうございました。これで何とか行けそうです」

そう言うと加嶋は、ハンカチで大きな音を立てて洟をかんだ。

「おい、どうでもいいが、そのハンカチはな、俺の彼女の別れの品だ」

「えっ、えっ、済みません。そうとは知らず洟までかんでしまいました。明日までに必ず洗ってお返しします」

「いいよ。もう吹っ切れてるんだ」

「いいえ、これからすぐ洗濯します。ああ、こんなに汚すなんて、失敗しました。それじゃ、わたくしはこれで失礼します」

そう言うと加嶋は立ち上がり、飛行服の尻を二つ三つ叩いて気を付けの姿勢で「では」と言って腰を折り、踵を返して宿舎に向かって駆け出した。

3

それまで黙って話を聞いていた太田が立ち上がると、あらためて忠俊の横に腰を下ろした。遠くの空で雲雀の声がぴちぴち、ぴちぴちと響き渡っていた。

「武村よ、貴様、例の参謀が言ったことだが、どう思う」

「どうって、燃料不足、機材不足のひどさは目を覆う程で、俺の機など、部品がなくて今日まで放っておかれてるくらいだ。そんな事態だから、出撃した搭乗員が簡単に引き返さないようにああ言ったんだとは思うが、言い方がひど過ぎる」

「そうか、そういう見方もできるなあ」

太田はそれだけ言って、そのまま草の茎をくわえて何か考えていたが、ふっとそれを吐き出して口を開いた。

「貴様も知っているかもしれないが、今や練習機の『白菊』から鈍足の重爆、果ては下駄《フロート》を履いた九四式水偵まで特攻に駆り出されているらしい。俺たちは五十番を吊るしていても、零戦だからまだいいんだ。爆装した二枚羽根の水偵でどんな船に体当たりしろって言うんだ。これでは、さっき加嶋が言ってたように、特攻隊員はただ死ねばいいのかと思わざるを得ないだろう」

「練習機の噂は聞いているが、九四水偵とはひどいな。それは確かなのか」

フロートの航跡を残して優雅に離水し、のんびりと飛ぶ水上偵察機を忠俊も何度か目にしたことがある。

「そうだ。何日か前の夜中に、指宿から水偵がたくさん飛んだって話を、ここに来る前に故障で降りたO基地で聞いた。それだったんだ。それどころか、赤とんぼの教官席を潰して特攻機に改造しているって話もある。赤とんぼだぞ。武村よ、貴様はそれをどう思う」

忠俊はそれを聞いて暗澹たる気分になった。赤とんぼというのは海軍の搭乗員が最初にお世話になる、布張り複葉の練習機である。それに乗せられて体当たりを命ぜられる人はどんな思いだろうか。思わずため息が出た。見れば西の空の茜色は次第に薄れ、木陰に闇が漂い出した。

「戦果を上げられないのが分かって、なぜ出撃させるか。実はな、〇基地に斎藤という特務中尉が来ていた。郡山の出身で、話してみれば何と、俺の母親の遠縁にあたることが分かった。予科練からの叩き上げの特務士官、重慶爆撃の頃からの戦闘機乗りで、真珠湾の生き残りだと言えば、どんな人か想像がつくだろう。司令や飛行長と友だちみたいに話すような人だ。この所ずっと特攻隊の直掩機に乗っているんだそうだ。俺がこんな性格だということもあって、意気投合して二晩一緒に飲んだのだ。その時に聞いた話なんだが……」

太田は、そう言うと胸から煙草を取り出して火を点けた。直掩機というのは、特攻機を護衛しつつ目標に導き、戦果確認をして帰って来る任務をもっている。太田は煙を高く吹き出して言った。

「上層部はなあ、戦果が上がるのに越したことはないが、俺たちが出撃して死ぬという事実の方を、むしろ重視しているんだそうだ」

「何だと。それはどういうことだ。意味がよく分からん」

「もちろん初期のレイテ戦の頃の特攻は、敵空母の甲板を確実に使用不能にするための体当たりだったそうだ。だがな、今は違うらしい。この国の上層部には、頭の切れる奴がごろごろしている。そういう連中は、戦争の終らせ方ばかりか、戦争後のことまで睨んでいるんだそうだ。日本というのは、天皇陛下と祖国のために、斯くまで多くの若者が、進んで命を投げ出す国なんだという認識をアメリカが持てば、兵士の犠牲を恐れて本土上陸は回避するだろうし、その結果、国体を護持しつつ講和に持ち込めるのではないかと考えているというのだ」

「まさか、そんなことを……」

太田はそこまで言うと、吸っていた煙草を強く地面にこすりつけて消した。名残りの煙の香りが忠俊の鼻腔に届いた。

「驚くことはまだある。特攻隊は、天皇陛下に講和をご決断いただくための切り札なんだと言うんだ。本土決戦を強硬に主張している連中を講和に動かせるのは、天皇陛下御自身の講和のご聖断以外ないという読みを、講和派の連中はしているらしい。前途ある若者が斯くも大勢体当たりで死んでいる、そういう事実が天聴に達したなら、必ず陛下は講和をご決断くださるだろうという読みなんだそうだ。だから、特攻隊はその出撃と死にこそ意味があるという訳だ。斎藤さんはその話をしながら歯噛みしていた。すごい数の搭乗員を死地に送り届けた人だからなあ。その話を斎藤さんにしたのは、元の第○航空艦隊司令部の参謀長だそうだが、その人は司令長官からじかに聞いたらしい」

　太田が言ったことの意味は、言葉では理解できるのだが、何か別の世界での出来事のようで実感が伴わなかった。自分の認識のボタンを初めからかけ直すような思いだった。太田もそうだろうが、第一そんな国家の中枢の、しかも畏れ多い「畏き辺り」の話など、聞いたこともしたこともなかったからだ。

「出撃と死にこそ意味があるって……」

　そう言った忠俊に応えず太田は続けた。あたりはすっかり闇に包まれ、太田の真剣な低い声はどこか凄みすら感じさせた。

「もう一つある。いいか、アメリカが、死を恐れぬ日本の勇猛果敢な戦士たちを、英国のグルカ兵のように使おうと考えて、この国と民族を温存する、そういう可能性にまで期待している奴が、上の方にはいるという話だ。それしか日本民族を滅亡から救う道はないと言ってなあ。グルカだぞグルカ」

　グルカ兵というのは、イギリス軍などに雇われたネパール山岳民族の戦闘集団で、勇猛さで知られている。英国人の部隊に先駆けて、犠牲の多い白兵戦などに投入される部隊なのである。日本でもその存在は知れ渡っている。忠俊も、その命知らずの戦い方を少年雑誌で読んだことがあった。だが忠俊には、日本兵がアメリカ軍の尖兵となって戦うなど、あまりの荒唐無稽さに、情景を思い浮かべることすらできなかった。

「今のはあくまでも斎藤さんから聞いた話だ。だが、斎藤さんが酔っていたにしろ、俺にはあの人がほら話をしているとは思えなかった……なあ、俺たちの命って何なんだろうな。なあ、武村よ」

忠俊は何も言えなかった。暗闇の中、しばらくの間どちらも声を出さなかった。見上げると、星がいくつか瞬き出している。

「斎藤さんも死ぬ気なんだよ。涙を流しながら、今の日本は、重慶や成都を爆撃したお返しをもらってるんだと言ってたよ。当時、日本軍の進撃に遭って避難中の、すごい数の人間と荷車の列を見つけたんだそうだ。兵隊なのか住民なのかも分からなかったが、斎藤さんたちは最新式の零戦で機銃掃射をくわえ、中攻は爆弾をばらまいたそうだ。飛行機なんか見たこともないような支那の田舎の人たちを、当時最高の文明の利器で攻撃した。今、その付けが回って来たんだってな。戦争ってのは、そういうものなんだと言ってたよ」

太田はそう言って大きくため息をついた。

「斎藤さんは最後に俺に、何とかして生き残れと言った。その言葉、お前にも伝えておく。話を聞いてくれてありがたかった。これで少し肩の荷が下りた気がする」

最後に太田はそう言った。

4

その夜、忠俊は床に就いたがなかなか寝付かれなかった。「俺たちの命って何なんだろうな」という太田の問いが、幾度も幾度も頭を巡った。忠俊は、同室の者を起こさぬように、軍刀を持って静かに表に出た。まだ満ちてはいなかったがいい月夜だった。忠俊は、裏庭の井戸に回って衣服を脱いだ。下帯一つになると、釣瓶を静かに引き上げて頭から水をかぶった。初夏とはいえまだ水は冷たい。三度水を浴びてから忠俊は、裸足のまま刀を持って裏庭の中央に進み出た。月の光が明るく地面を照らしている。蹲踞し抜刀する。正眼に構える。立ち上がって中段に構え雑念を払う。びゅっ、びゅっ、と刃が空気を切る音と、地面を擦る足の音だけが辺りに響く。二十分程もそうしたのち、忠俊は蹲踞の姿勢にかえり、ふーっと息を吐いて刀を鞘に戻した。その瞬間、一つの思いが忠俊の胸に落ちて来た。

（斎藤という人の話が真実であったとしても、自分には出撃して敵艦に体当たりする道しかない。日本は敗北するだろう。この国が敗れるのは、この国のやり方に間違いが多かったからだ。当然、大元帥であられる天皇陛下は自裁されるであろう。重臣たちや、股肱である参謀本部軍令部の軍人たちも当然陛下に殉ずる。そして戦闘員の我々も死ぬ。国を亡びに導いた者たちは消えていくのだ。しかし、そのことが肥やしとなって、長いこと掛かるかも知れんが、新しい良い日本が必ず生まれる。俺たちの死の意味はそこにこそある）

忠俊はじっと目をつぶった。上空から見た延々と続く焼け野が原の映像が瞼に浮かんだ。（どれ程の無辜の民が犠牲になったことだろう。もう終わらせなければならない。自分の死でそれが近づくというならそれでもいい。笑って出撃しようじゃないか）

忠俊は立ち上がった。それ以降、彼は総ての迷いにつながるものを思いから排除し、心を空《くう》にする努力を始めた。

太田たちの出撃の日の早朝、忠俊は宿舎で太田と静かに握手を交わして別れた。その日忠俊は、隣の基地までトラックで機材と部品の受領に出かけなくてはならなかったのである。これで忠俊の機も稼働可能になるはずだった。忠俊が戻って来たのは昼過ぎで、太田たちの隊がすでに散華している時刻だった。宿舎に戻ると、加嶋が寄って来て太田たちの出撃の様子を話してくれた。全機離陸し終わった時、一機が見送りの司令や参謀めがけて急降下して彼らを慌てさせたのだという。それが太田だったかどうか、加嶋は知らないと言った。その日戻って来た飛行機は、直掩機も含め一機もなかった。その情報を忠俊は、感情を通さずに聞いた。

忠俊たちの出撃は、太田たちが逝ったその翌々日だった。もう筑波嶺隊の生き残りは忠俊と加嶋と下士官二人になってしまっており、他部隊と合同での出撃である。最後の筑波嶺隊は、一番機が小隊長の忠俊、二番機が加嶋少尉、三番機と四番機が予科練出身の若手下士官という編成だった。この二人の下士官は宿舎で仔犬を飼っていた。その丸い賢そうな目をした小さな雑種犬は、この宿舎から死地に赴いた特攻隊員たちが、引き継ぎ引継ぎ可愛がってきた犬だった。忠俊の隊のその二人の下士官が仔犬とじゃれまわる姿は、忠俊たちをどれ程明るくさせてくれたことだろう。彼らも今日逝き、これで筑波嶺隊は消滅する。

初夏の早朝の晴天のもと、忠俊たちは宿舎から滑走路まで隊員を送るトラックの近くに集まっていた。出発の直前、忠俊は自分の飛行服の普段使わない隠しの中に、畳んだ紙幣が入ってるのに気付いた。何かの時のために前から入れてあったのだ。忠俊は思いついて運転席にいた兵隊にそれを託した。この兵隊たちが入れ替わりで、忠俊たちの食事や洗濯などの世話をしてくれていたのだ。

「少ないが、俺にはもう用がない。みんなで何か食うなどしてくれ」

「ありがたく頂戴いたします」

そう言って押し戴くように受け取った丸顔に見覚えがあった。前に誰かから、この兵隊についての話を聞いたことがあった。高梨庄助という、ここで最年長の熊本出身の兵隊である。自動車の運転ができるので便利に使われているが、過去に労働争議に関わった経歴があって、いくら努力しても万年二等水兵なのだという。忠俊が荷台に飛び乗ると、運転席からその高梨二水が出てきて何か差し出した。

「武村中尉、これ持って行ってください」

忠俊が手に取って見ると、赤い巾着の中に何か毛のようなものが入っている。

「弾除けの兎の尻尾です。効きます」

「弾除け、ほう。珍しいな。ではありがたくもらっておく。みんな、出かけるぞ」

一緒に飛ぶ他隊の隊員や直掩隊員は、一足先に飛行場に行っている。二人の下士官が、かわるがわる仔犬に頬ずりして、新しく来た別の航空隊の隊員に手渡した。

「可愛がってくれよ」

「いつもきれいな水を頼むぞ」

彼らが飛び乗ると、トラックはひと揺れして動き出した。

長く長く苦しんだ加嶋も、飛行帽の上に締めた日の丸の鉢巻を風になびかせ、晴れやかな顔をしていた。忠俊も、もう何がどうでもいい、何も考えず、心を空っぽにして、この連中と一緒に南の空に散っていける気持ちになっていた。軍隊に入ってから、こうやって、何度も何度も心を空にしてきたが、それも今日が最後だと思った。

田んぼの中の一本道を、基地の滑走路が見渡せる辺りまで来た時、突然左の青空から、鋭い火箭のようなものが数本走ったように見えた。

「左っ、シコルスキーッ」

誰かがそう叫んだ途端、トラックはものすごい爆発音とともに、高く持ち上げられてひっくり返された。忠俊は柔らかい土の上に投げ出された。耳が聞こえなくなって、頭と首に殴られたような感覚があった。口に嫌というほど泥が入った。燃焼した火薬の臭いが鼻を衝く。土煙に包まれたまま仰向けに倒れた忠俊の顔の上を、巨大な鳥のような機影がいくつか通過した。無音と疼痛の中で、それが鴎の翼をひっくり返したような逆ガル翼の、シコルスキーという敵艦載機であること、爆撃され機銃掃射を浴びたらしいこと、敵機はロケット弾を使っていたこと、などを忠俊は認識していた。動けないまま、しばらくその恰好でいた。真っ青な空だけが見えていた。糞と血の混じったような生臭い匂いが、煙と一緒に漂ってくる。誰かがやられたのだ。どのくらいその態勢でいただろう。どかどかという地響きがあって、何人もの兵隊がやって来たのが分かった。その中の三人が忠俊を担架に乗せようとした。彼らの腕の中から、ひしゃげて煙を上げるエンジンと運転席、破砕されたトラックの荷台が見えた。気づかなかったが、忠俊のすぐ脇に、腰から下をちぎり取られた飛行服の男が血まみれで転がっていた。半分土に埋もれた頭の下に、加嶋少尉と書かれたジャケットが見えた。

「加嶋っ……」

忠俊はそこで意識を失った。

5

突然酸っぱい液体が喉元にこみ上げ、それを気管に吸い込みそうになって忠俊は目が覚めた。激しく咳き込むと同時に、誰かの手が忠俊の顔を手荒く横に向けた。吐き出した黄色い液体が、金属の盆で受け止められた。口の中が布で拭われ、忠俊の顔はゆっくり上に向けられた。白衣で眼鏡を掛けた看護婦だった。消毒液の匂いがしている。白く塗られた天井に、止まったままの緑色の扇風機のプロペラが見える。朦朧とした頭でここは病院なのだと思った。見ていると天井が異様に回転するような感覚がしてきた。また吐き気がして忠俊は生唾を飲み込んで目をつぶった。その時、忠俊は周りに物音が一切ないことに気付いた。耳が聞こえないのだ。体中が痛い。特に右足の膝から下が痛む。

（ここはどこだ……どうして俺は病院にいるのだ……）

忠俊は目を閉じたまま、自分の身に何が起こったのか、少しずつ思い出そうとした。

（そうだ。ここは東京じゃない。俺は九州の小学校の宿舎で出撃を待っていたのだ……）

忠俊の記憶の映像に、まぶしいほどの鮮やかな新緑と、五月の南国の真っ青な空が浮かんだ。その印象と同時に、重苦しい悲哀の感情が胸に湧き上がってきた。忠俊の意識下には、自分がW大生であるという自己認識がまだ強く焼き付けられており、目覚めの時など、今の自分が海軍航空隊の搭乗員だという事実の確認に一瞬手間取ることがあった。この時もそうだった。忠俊はもう学生ではなく、十死零生の体当たり攻撃を宿命づけられた特攻隊員なのである。忠俊はその事実を、全身の痛みとともに受け入れた。忠俊は目を開けた。天井のプロペラは止まったままだ。自分がどこにいるか分からないのが何より不安だった。音はやはり何も聞こえない。首を明るい方に少し動かしてみる。また天地が回転するような感覚が起こって、胸から苦いものがこみ上げそうになり、目をつぶって生唾を飲み込む。不安の中で薄目を開くと、足元に布で腕を吊った男が立っている。包帯を巻いた顔に見覚えがある。少ししてそれが、宿舎で自分たちの世話をしてくれている高梨二水だと思い出した。

（ああ、あの兵隊だ。なぜこいつがこんなところに……ああ、俺はこの兵と何か喋ったなあ……）

遠い深みから記憶が戻って来る。

（そうだ、この兵隊は運転手だ。俺たちはこの兵の運転するトラックで飛行場へ……そしてシコルスキーの攻撃で……）

忠俊の瞼の裏に、下半身を吹き飛ばされた加嶋の姿が浮かび上がった。

（おい、加嶋はどうした。下士官たちはどうした。おいっ……）

声を出そうとして忠俊が強く頭を持ち上げた時、兵隊はもういなかった。激しい吐き気が来て、忠俊は苦い液体をもう一度顔の脇に吐き出した。鼻腔に吐瀉物の饐えた臭いが来た。

（内耳の三半規管をやられたのかも知れない。こういうのは治るものなのだろうか……）ぐるぐる回転する感覚の中で忠俊は考えた。考えながら、いつしか意識が遠のいていった。

忠俊は浅い夢の中にあった。現実とも夢ともつかない世界だった。彼は泥水の中を匍匐前進していた。陸軍の鉄帽をかぶり背嚢を背負って、重い三八銃を両手で顔の前に捧げ這い続ける。いつか右足が何かに挟まれてしまっている。もがいても、もがいても外れない。泥水に顔が浸かりそうだ。

（ど、どうして俺がこんなことをしているんだ。俺は戦闘機の搭乗員だぞ……俺はパイロットだ。歩兵じゃない。おおい、誰か……）

いつか頭の上に、あの参謀肩章を吊った中佐が立っている。

「貴様らが死ぬことにこそ意味がある。泰然としては死ねんのか、泰然としてっ」

参謀はそう言って軍刀をどんと突いた。

（待って、待ってください。わたくしはK基地から出撃を……）

そこで忠俊は目が覚めた。右足の包帯が外され、冷たいものが塗りつけられている感覚があった。薄目を開けて見ると、細縁の眼鏡を掛けた少佐の階級章の軍医が、右足をいじっている。音はやはり一切聞こえない。急に右足から、喉も詰まるような激痛が上がって来た。思わず体をよじると、また胸が悪くなってきた。軍医がそれに気づいて顔を寄せて来た。何か言っているが聞こえない。煙草臭い息が掛かる。看護婦が紙を持ってきて、それに軍医が胸の万年筆で文を書いて、忠俊に見せた。

〈聞こえないのか〉

首を小さく縦に振る。軍医がまた書く。

〈目が回るのか〉

また小さくうなずく。すると軍医は紙を看護婦に渡し、忠俊の側頭部を両手で挟むと激しく揺すった。猛烈なめまいが忠俊を襲った。突然、鼻の先と先が触れるほど軍医が顔を寄せて来た。忠俊の目をのぞき込んでいるようだった。激しい嘔吐が発作のように続けてやってきた。顔が横に向けられ、忠俊はまた苦い液体を吐いた。検査を終わるとそのまま軍医はいなくなり、口の周りを拭い終わった看護婦も立ち去った。激しい疲労を感じて、忠俊はぐったりと目をつぶった。

（加嶋は即死だっただろう。三番機四番機の若い二人はどうしただろう。助かってくれていればいいが）

そう思って忠俊は、彼らが助かったとしても、すぐにまた死地に放り込まれる無残を思った。目尻を涙が伝わるのが分かった。少しするとまた看護婦が来て、両太ももに注射を打ち、熱い手拭いを当てた。リンゲルの注射だと思った。しばらくしてから見ると、いつの間に来たのか、包帯を巻いた高梨二水がいて、使える方の手で忠俊の太ももを揉みほぐしている。忠俊は頭を動かさないようにして兵隊に声を掛けた。

「あとの二人はどうした」

高梨二水はその一瞬、驚愕の表情で忠俊を見つめた。額に擦過傷があり、片方の目の白い部分が真っ赤だ。

「加嶋は駄目だったんだろう。えっ、あとの二人は、あとの二人はどうした」

高梨は眉根を寄せ、下唇を噛んだまま口を動かさなかった。

「教えてくれ。みんな駄目だったのか」

高梨二水は苦しそうな顔でうなずくと瞼を押さえ、立ち上がって足を引きずりながら立ち去った。

忠俊はゆっくりと向かい側の窓に目をやった。ここは高台らしく、飛散防止の細い紙を米印に張り付けたガラスを通して、海が見えた。遠くの水平線には、真夏のような積雲が盛り上がっている。

（無残、無残、無残……）

水平線が次第にぼやけて来た。

（無残、無残、無残……）

忠俊は声を立てずに泣いた。


ひと月を過ぎた頃からめまいは少しずつ消失していき、七月に入る頃には右耳だけだが、聴力も回復し始めた。足の傷も少しずつ癒えていたが、まだ添え木は取れず、飛行機に乗れる状態ではなかった。忠俊自身、それはよく分かっていた。梅雨が明け、真夏の空気が開け放った窓からベッドにまで届くようになった。高梨二水はすでに退院していたが、夕方などに果物などを持って時どき顔を見せた。高梨によれば、六月の下旬頃から、K基地からの特攻機の出撃は、ほとんどなくなったということだった。飛行機もなくなったが、爆撃で施設、設備がずたずたにされたらしい。忠俊は、飛行機で出撃して死ぬのを諦めなくてはならないと悟った。太田や加嶋や、多くの筑波嶺隊の仲間たちの所にどうやって赴くか、忠俊はそのことを考えて日々を送った。高梨に頼んで、まだ実家に送り返してなかった軍刀などの私物を病院に持ってきてもらった。

八月に入ったある夜、いつものように空襲警報が出たのだが、その日は着弾が近いとかで、患者も総員退去となった。忠俊も看護婦の肩を借りて裏庭の防空壕に入った。忠俊は蝋燭だけの光の中で遠くの爆発音に聞き耳を立てた。少しすると、一度間近まで来た着弾音が次第に遠ざかり始めた。だがまだ警報は解除されない。しばらくした時、奥の方で軍医らしい男と看護婦の話し声がした。

「広島に新型爆弾が落とされたらしい。たった一発で街が壊滅したという話だ」

「本当ですか。恐ろしい」

「それじゃ死傷者は……」

「分からんが半端な数ではないだろう」

「……」

忠俊は思い返した。

(特攻であれ程の若者が死んだのに、天皇陛下のご聖断はなかった。ラジオでは本土決戦が叫ばれている。これからさらに多くの街が壊滅させられるだろう。斎藤という人の話はほら話だったのだろうか。それとも、特攻による若者の死に、陛下が大御心を動かされなかったとでもいうのか。まさか。とすれば、講和に対する何らかの妨害があったのだろう。しかし、いずれにしろ、今この国と民族は確実に滅亡に向かって突き進んでいる)

長崎にも新型爆弾が落とされたという話を聞いたのは数日後だった。急に病院内が慌ただしくなったのは、ここからも救援隊が組織されたからだということだった。

八月十五日だった。歩ける者は正午に講堂に集合という話があったが、忠俊はまだ平衡感覚が完全に戻らないので行かなかった。少しして戻って来た者たちは、看護婦までも一様に涙を拭っていた。下士官の患者が、忠俊の聞こえる方の耳元に口を近づけて「日本が負けたんです。天皇陛下直々のラジオ放送がありました」と言った。あまりにも遅かったが、いよいよ来るべきものが来たのだと忠俊は思った。

　忠俊は起き上がり、ベッドの枕元の軍刀と松葉杖を手に取った。かねて考えておいたように、出入り口とは反対側の開き戸から裸足で外に出た。瞬間、強烈な陽光に目がくらむようだった。天皇陛下が自裁されるにしろ、その皇居を遥拝して腹を切るつもりは忠俊にはなかった。左手に軍刀を持ち、右手の松葉杖で体を支え、忠俊は筑波嶺隊の仲間たちが逝った南西の海を見遥かす斜面の畑に出た。大きな南瓜が強い陽の下に転がっている。黄色い蝶が畑のそこここに舞っていた。忠俊は柔らかそうな草地を見つけると、ゆっくりと腰を下ろした。少しの間、乱れていた息を整えて、右足は前に投げ出したまま、左足を蓮華座のように前に引き付けた。軍刀を脇に置き、目をつぶって両親と兄妹、それに生涯ただ一人のあの女性に別れを告げた。

　その時だった。背後からいきなりごつい手が延びてきて、軍刀が奪われそうになった。忠俊は柄と鞘をしっかと押さえた。

「何をする。放せっ」

「放しませんっ」

　見れば高梨二水が、真っ赤な顔をして軍刀にしがみついている。

「高梨、ここまで来て、俺に見苦しい真似をさせないでくれ。頼む。放してくれい」

「武村中尉、お願いです。無駄死にはやめてください」

「前から決めていたことだ。死なせてくれ。みんなの所へ行かせてくれい」

「あなたの小隊の皆さんが、それで喜ぶでしょうか。あなたが死んで、太田中尉が喜ぶでしょうか。戦争は終わったんです。日本はゼロからやり直しです。そんな時に、あなたのような体験をした人が、死んでしまってどうするんですか」

「高梨、頼む。死なせてくれ」

「武村さんっ、生きなさいっ。この国で、新しい日本で、ゼロから生きなさい。それはあなたの義務だ。あんなひどい死に方をさせられた特攻隊員たちへの、あなたの責任だ。生きなさいっ」

忠俊はゆっくりと手の力を緩めた。高梨がそっと軍刀を後ろに引いてから、両肩に優しく手を載せた。忠俊の眼から大粒の涙が溢れ出した。遥か遠くの水平線には、今日も積雲の峰々が連なっている。頭上には、忠俊が青春の夢と力の総てをかけた真っ青な空が、その彼方で死闘が繰り広げられたことなど嘘のように、穏やかに広がっていた。


（『民主文学』二〇一九年四月号）

永訣のかたち

1

私の母親の墓は、群馬県赤城山南麓の前橋市営公園墓地にある。六月に行った時に、石段の両脇の柘植が枯れかけていたので、市の担当者に電話した。枯れ様があまり惨めなため、こちらで樹木を選んで植えていいものか尋ねるつもりだった。電話に出た若い声の男性は、恐縮した様子で墓地の登録番号を確認すると、市の方で至急植えますと言った。永代使用料と年ごとの管理費を払っているから、こんな場合そうしてもらうもののようだった。ではよろしくと電話を切ろうとすると、その人が申し訳なさそうに言った。

「ああ、あと一つよろしいですか。使用者様の名義が高山八十吉様となっておりますが、以前から管理費のお支払いは、東京の……」

「はい、高山正憲、私です。長男です。父八十吉は昨年亡くなりまして……」

「ああ、そうですか。それではですね、お手数ですが、名義変更の方をお願いします」

母は晩年ずっと前橋市に住んでいた。葬儀の後、母の墓を市立公園墓地に建てる申し込みをすると、申請者は前橋市民でなければならないとのことだった。困った末、遥か昔に家を出た父親に頼んで名義を借りたのである。なのに名義人が死んだら、引き継ぐ者は県外の人間でも構わないものらしい。なるべく早く必要書類を揃えて提出して欲しいと言う。その書類の中に、父親の除籍証明書というのがあった。父親の本籍地である中之条町に申請して取るのだそうだ。それを聞いた時私は、時間を作って中之条町に行って来ようかと考えた。数年前に教職を定年退職していて、勤めはないのだが、時間にゆとりがある訳ではない。現役時代から小説を書き続けてきた身で、読んだり書いたりしなくてはならないものがあったし、所属する文学団体の仕事もたまっていた。それに、国会前で続いている安保関連法案に反対する行動にも、可能な限り参加したかった。その安保関連法案が成立すれば、自衛隊が地球上どこででも、米軍と共に戦争ができるようになる。戦争法案と呼ぶのが相応しい代物だ。現政権が、これまで違憲とされてきた集団的自衛権を閣議決定によって容認し、十一本の法案として上程して、現在衆議院で審議中なのである。戦後七十年間、曲がりなりにも守られてきた憲法の平和主義が、今まさに破壊されようとしていると感じる。「なんで戦争に反対しなかったの」と私たちの世代が父や母の世代を責めたように、私の孫や曾孫たちから同じことを言われるような事態になったら、平和憲法と戦後民主主義の恩恵に浴した私の、存在の意味は一体何だったのか。そういう思いが強いのである。住んでいる地域の人から、反対の宣伝署名活動への参加依頼もあって、時間が余っている訳ではない。

その一方で私の胸には、昨年の初めに亡くなった父親が埋葬されたという墓に行ってみたい思いが湧いていた。私は二十年程前から、父親とは一切関わりを持つまいと決めて生きてきた。それがなぜ急にそんな気になったのかといえば、半月ほど前に佐川邦明と会ったことが大きかった。佐川は、群馬にあるG大学に私が通っていた頃の先輩である。彼は、私と同じ専攻で懇意にもしていた女性と結婚し、現在東北のF大学で教員をしている。突然連絡して来た佐川が話題にしたのは、何と日本の敗戦前後の私の父親に関することだった。佐川は、戦後史の本を出すために、その時期のことをあれこれ調べているということだった。佐川との長い話を終えて一人になった時、せめて父親の墓前に立つことくらいは、息子としてやっておかなくてはならないような気持ちになっていたのである。

　父親は、私が中学生の頃に警察を退職し、家を出て愛人と暮らすようになった。同じ前橋市内に住んでいたし、私たちの養育費を出してくれてもいたので、その後も顔を合わせることはあった。しかし、私の気持ちは、成長と共に父親から離れる一方だった。当時の私と父の様子を詠んだ母親の短歌がある。「幾年を離り住まへば少年をみあぐる夫の客の如き座」というものだ。「夫」に対する「少年」の態度も「客」を迎えるようなものだったのだろう。その後三十年近く経って、母親の交通事故死を契機に、ほんのいっとき私と、姉、妹、父親との交流があった。しかし父と私の関係はじきに途切れた。父と子としての気持ちのつながりがない上に、物の考え方が真逆だった。父親は「大東亜戦争」を肯定し、「若い者がだらしないのは兵役がないからだ。自衛隊に入れて鍛えるべきだ」などと言う人だった。また、教職員組合を「この国を駄目にしている元凶」として敵視していた。東京の公立学校教員として平和教育を進め、組合でも活動していた私と話が合う筈もなかった。父とものの考え方が近く、父の愛人で後に妻となった女性とも長く付き合いのあった姉が最期を看取った。

群馬に出掛けたのは、七月に入ってすぐの激しい雨の日だった。荒天のために、予定していた地域での戦争法案反対の宣伝活動が中止となり、私も妻の由紀子も突然に時間が空いた。急遽二人で中之条町まで日帰りすることになった。私が父の墓探しをすると言うと、由紀子も一緒に行きたいと言い出したのだ。葬式にも出ないような私と父親の関係については、口には出さないが、彼女も複雑な感情を持っていたようだ。ともかく私たちは、土砂降りの中、必要書類や印鑑を入れたバッグを持って車に乗り込み、一路関越自動車道を群馬県に向かったのである。

「お墓を探すっていうけど、何か手掛かりがあるの」

助手席の由紀子が、帽子を脱いでショートカットの髪を整えながら尋ねる。

「ものすごく昔の記憶なんだけど、ぼんやりとした印象がね……」

父の墓は、私が物心ついた頃に連れて行かれた、高山一族の墓地にあると思われた。何度か泊りに行ったことのある祖母の住まいに、これまで父の本籍があった。今そこがどうなっているかは知らないが、墓地は確かその近くだった。現地に行けば見つかりそうな気がする。幅の広い下り坂の道路の、路肩から少し上がった、白い壁に囲まれた所だった。壁の右下から階段を登ると、その奥が広い墓地になっていて高い石塔がたくさんあった。その程度のぼんやりしたものだったが、映像的な記憶が残っているのだ。墓地の向こうには川が流れていたような気もする。

「まあ、見つからなくても、それは仕方ないことさ」

もう関わりを持たないと決めて、ここまで生きてきたのだ。父親が死んだということも、しばらく後で妹から聞いたくらいである。今さら墓が見つからなくても、それはそれで当然のことなのだった。

「お義父さんが最期まで過ごしたケアハウスにも寄ってみましょう。生前、私たちは一度も顔を出さなかったけど」

由紀子の言い方に非難めいたニュアンスは全くなかったが、一瞬私は、胸の空洞に風を吹き込まれたような思いになった。かつて友人に聞いた父の言葉が頭に浮かんだのだ。

何年か前、古くから我が家と関わりを持っていた友人が、そのケアハウスの近くの病院で、杖を突いた父親と会ったのだそうだ。その時父親は「正憲は元気でやっていますか」と尋ねたという。それを伝えてから友人は、「このままでいいのか」と言って、咎めるような目で私を見たのだった。

「分かった。ケアハウスにも寄ろう」

フロントガラスには大粒の雨滴が叩きつけている。しばらくは、エンジン音と雨に濡れた路面に当たるタイヤの音だけが聞こえていた。

「この間の佐川さん、お義父さんのことを聞きに来たんですってね。おととい史恵から電話があったわ」

由紀子が突然佐川のことを言い出した。史恵というのは、佐川の連れ合いの名である。由紀子も私と同じ大学の出身で、史恵は共通の友人なのである。

「そうなんだ。ぜひ会いたいというから出かけてみれば、思いもかけない話でね。全く佐川さんらしいよ。猪突猛進はちっとも変わってない。本を出す準備をしてるんだそうだ……」

佐川の話があまりにも荒唐無稽だったし、二人とも忙しかったから、そのことを由紀子には話しそびれていた。佐川とは新宿の居酒屋で会った。私は、顔も体も声も大きな佐川を思い出しながら、由紀子に少しずつその時の話をしていった。

2

佐川と会うのは、共通の友人の葬式以来二十数年ぶりだった。曇り空で蒸し暑い夕方だった。関西への出張の帰りだとかで、佐川はスーツ姿で、黒光りのするトランクを引いて現れた。私が喫茶店がいいかと尋ねると、大げさに手を振りながら、「飲みながら」を二度繰り返した。私たちは、東口のあまり賑やかでなさそうな、魚を食わせる居酒屋に入ってボックス席に座った。

「いや、悪いねえ、時間を取らせちゃって。ええと、電話するんでちょっと待ってね。あ、注文しといてくれないかな。僕、生ビールで、料理は適当に……」

店員がおしぼりを持って来たので、私が飲み物といくつか肴を頼んだ。佐川はスーツの上着を脱ぐと、ネクタイを緩めた。そして度の強い眼鏡を外して額の汗を拭い、携帯電話を耳に押し当てた。汗っかきは相変わらずらしく、ワイシャツの両脇の下にシミができている。前よりも首の回りに肉がついたようだ。

「もしもし、今日予約の佐川ですけどね。うん、佐川。もう近くに来ているからね。チェックイン、少し遅れるけど、オッケーね。よろしく」

それから、今しがた脱いだ上着から名刺入れを出すと、一枚引き抜いて私に手渡した。以前とは肩書が変わっている。F大学の人間発達文化学類の教育専攻課程の准教授とある。教育思想史を教えているのだという。今、あちこちの大学で教育学部という呼称が変わっているらしい。お互いの近況を話し始めたところに生ビールが届いた。

「じゃ再会に」

「乾杯」

ジョッキを合わせると、佐川はのどを鳴らして一気に三分の一ほど飲み、「プハーッ」と声を上げて勢いよくジョッキを置いた。その瞬間私は、これと全く同じ光景をいつかも見た気がした。

「どうした」

「ん、いや。佐川さん、変わってませんね」

「そうかい。いや、少し太ったって言われるけどね」

そう言って佐川は、届いたばかりの鰹のたたきに箸をつけた。

「この、ゆずポン酢がなかなかいけるよ。ほら、どうぞ、高山君も食べて食べて」

土佐の本場のものというたい文句の品だった。私もニンニクを一片載せて、鰹の切り身を頬張った。

「忙しいのに高山君に来てもらったのはね」

佐川は、一杯目のジョッキをたちまち飲み干し、追加の注文を店員に伝えた後そう切り出した。佐川は、私の父親について知りたいことがあるのだと言ってから、トランクの取っ手にセットされたバッグから、一冊の本を取り出した。花柄の包み紙でカバーされている。開かれた扉を見て、それが二十年近く前に上梓した、私の最初の短編小説集だと分かった。私が史恵に贈呈したものだったかも知れない。佐川はその中の付箋の貼ってある部分を開いて私によこした。そこは、私の両親と赤ん坊だった姉の三人が、日本の敗戦後、中国の天津から引き揚げて来た時のできごとを、母からの伝聞という形で書いた部分だった。引き揚げる時の父は、身元の分かるもの一切持たず、顔中髭を伸ばして、母親の名字を使って帰って来た。佐世保に着いた時、米軍のランチが近づいて来て米兵が父親を指さした。それを見た父親は、母親に今後取るべき行動を指示し、永久の別れの言葉を告げたらしい。ところが船に上がって来たその米兵は、髭が立派だから写真を撮らせろと言ったので、大いに調子が狂ったのだと、母親がのちになって私に話してくれた。付箋の部分には、そのエピソードが書かれている。

「ここに、あんたが書いていること、ちょっと気になってね。もう少し詳しく知りたいんだよ。親父さんはまだご存命で……」

佐川は父親の死を知らなかった。私は父が死んだこと、それにこの間の父とのいきさつも付けたして簡単に話した。

「それは残念だったなあ。もう少し早く連絡すべきだった……」

「いや、仮に生きてたとしても、佐川さんを紹介できるような関係じゃなかったんですよ」

「そうだったか……」

佐川は小皿のたれを掻きまわしながら、いかにもがっかりした顔をした。私が、それにしてもこんな時期になぜ、他人の父親のことなど調べているのかと尋ねると、佐川はバッグから、今度は茶色に変色した冊子を取り出して私に手渡した。それは、かつて私が所属していた文学同人で発行していた『修羅』という同人誌だった。三冊を一つにまとめてブックコートが掛けてある。短編集よりさらに十年以上も昔、まだ私が三十代の頃のものである。自分の作品の頁を開くと、当時の気負いと若気の軽薄さが胸に押し寄せて、恥ずかしさと自己嫌悪が湧き上がった。

「よくまあこんなものがありましたねえ。あの頃佐川さんたち、まだ東京にいたんですよね。こんな本まで取っておいてくれてたんだ」

その当時佐川夫妻は、私たちの住居から二駅の所に住んでいた。だから時どきは会っていたし、同人誌を出せば出かけて行って、押し売りのようにして買ってもらっていたものだ。

「これもそれも、史恵が書庫から引っ張り出してきてくれたんだよ。僕が調べていることと関係があるかも知れないって言ってね。高山君の小説の愛読者だよ、うちの史恵は。作品の内容も、それについてのあんたの解説も克明に覚えてた。実は僕は、大学の仕事と直接の関係はないんだけれどね、四年後位を目指して本を出そうと思っているんだ。敗戦の数年後にいくつも起こった謀略的な事件、あんたも知ってるでしょう。その辺りから、この国の戦後をあぶりだそうという企画なんだ」

「それがうちの父親と関係あるんじゃないかって、フーミンが言うんですか」

私は昔のあだ名で史恵を呼んだ。佐川は『修羅』を私から取りあげて、頁を繰りながら言った。

「関係ありそうなことには、総て当たろうと思っている。実は史恵に聞いて今回初めて読んだんだけどさ、この中の〝黄砂〟という連載小説の主人公、あんたのお父さんがモデルなんだってね」

確かにその連載小説は、父親と母親から聞いた話をもとに、敗戦直後の中国大陸から始まる、父親をモデルにした物語だった。序章は、武装した旧日本軍関係者のグループが、国民党軍の貨物列車を脱線させて襲撃する話だ。そのグループの一人が主人公で、その列車には大量の阿片が積まれていたという設定である。小説自体は同人誌が廃刊になって未完のまま終わってしまったが、私自身、相当執着した作品だった。

「母親から聞いた話と、私がまだ子どもの頃、父親が酔った時などに話していたことを元にはしていますが、この話は完全なフィクションですよ」

私はそう言って店員を呼び、生ビールのお代わりを頼んだ。「一緒に」と、佐川もジョッキのビールを一気に干して三杯目を注文した。こうして昔からよく飲む人だった。

「どこまでが事実というか、お父さんの体験したことなんだろうか」

「どこまでって言われても……」

「じゃさ、高山君が覚えている範囲でいいからさ、お父さんの敗戦前後の経歴を話してもらえないかな。陸軍を除隊になって、一度帰国したというのは事実よね」

「そうです。そう言ってくれれば資料を持ってきたのに。多少集めてましたからね」

「いや、まだそこまで必要かどうか分からないからさ。使わせてもらうことになったら、それこそこっちからお宅にお邪魔するよ」

私はその頃の父について、覚えていることを話していった。

昨年九十五歳で亡くなった私の父、高山八十吉は一九一九年（大正八年）生まれである。十八歳で、志願兵として習志野の騎兵連隊に入営し、いわゆる「日支事変」に参加している。一九三九年（昭和十四年）十二月、内蒙古の包頭で国民党軍の冬季攻勢に遭い、所属連隊は壊滅的損害を受けた。しかし父は九死に一生を得て生還する。のち、五原作戦等に参加して伍長で除隊、一度帰国して、今度は領事館警察官として採用されて天津に渡った。冬季攻勢の際、酷寒の戦場で大軍に包囲され、中隊で僅か数人の生き残りとなった体験から、「二度と軍隊に入らなくてもいい職業を選んだ」と、父親が私に洩らしたことがある。

「それほどの負け戦だったのか。ノモンハンでソ連軍にやられたのは有名だけど、その冬季攻勢ってのはあまり知られていないねえ」

「真珠湾の二年前ですからね。父親のいた連隊の兄弟分の連隊も別の所で包囲されたらしいんですけれど、そこでは連隊長が戦死しています。ボロ負けですよね。太平洋戦争前の中国でのこういう実態は知られていませんね」

佐川はうんうんと頷いて聞いていたが、突然大きな声で「腹にたまる物を頼もう」と言った。こういう所も昔と変わらなかった。私が品書きを開いて焼きおにぎりを示すと、佐川は「それでいこう」と言い、注文が終わるとすぐに話題を元に戻した。

「それでさ、あんたのお父さんが中国人の斬首をやったとも書いてあったけれど、それはいつ頃のことなんだい」

「やったということは聞いたけれど、時期や場所までは分かりません」

父親は中国兵の捕虜を何人も斬首したということや、「適当に処置せよ」という上からの命令で、高粱畑に逃がした捕虜たちを機関銃で殺害したことなどを私に話したことがあった。「戦争というのはそういうものだ」というのが、父親の言い分だったが、多感な時期にあった私は、自分の中に殺人者の血が流れているとまで思って悩み苦しんだものだった。

「そうか。で、話は飛ぶけれど、引き揚げ船でお父さんがお母さんに永久の別れを告げたと、こっちの本には書いてあるよね。米兵に逮捕されて、もう家族の所には戻れないだろうと思ったんだろうね。それはなぜなんだい」

「それは軍隊時代の捕虜虐殺とは関係ないでしょう。〝黄砂〟に書いていたみたいに、日本の敗戦直後、国民党軍の列車を襲うようなグループに入って活動していたからじゃないかと思います。国民党軍から米軍に手配書が回っているのでは、と思っていたのかも知れません。まさか、映画や小説じゃあるまいし、と思いますけどねえ。それ以外考えられない」

私が中学生の頃、酔った父親から列車を脱線させたという話を聞いたことがあった。私が列車は何を積んでいたのか聞くと、父は「粉だ」と言った。それは今でもよく覚えている。後で考えても「粉」というのがまさか小麦粉だとは思われなかった。小説を書く際には、その「粉」を「阿片」と理解したのだった。敗戦直後の父親は、毎晩のように拳銃を持って天津の街に出かけて行ったらしい。生まれたばかりの赤ん坊を抱えた母親は、心配で心配で仕方がなかったと言っていた。何でも、大陸に天皇を呼んで大日本帝国を再興する、というようなグループがあったのだという。そのことも母から聞かされていた。その資金として「阿片」が必要だったのではないか。それがこの小説の発想だった。

「それで、国民党軍と関わりの深かった米軍に逮捕されると覚悟したら、髭の写真を撮らせろということで、結局無事佐世保に上陸したという訳なんだね。そうか、それで三人で群馬県に帰ったんだ」

「そういうことのようです。中之条町の私の祖母の所に帰った筈です」

「それから、地元の警察官になった……」

そう言ってから、佐川は届いた焼きおにぎりを頰張った。

「それで佐川さん、あなたが調べているという戦後の謀略事件というのと、ここまでの父親の話は、一体どう結びつくんですか」

そう言い終えた瞬間、私の頭の中に一つのひらめきがあった。佐川が考えていたのは、今まで私には思いもよらなかった、むしろ突拍子もないというべきことだった。

3

カーナビは、前橋市北部の利根川河岸段丘に私たちの車を導いて行った。目的地は父親が最期を迎えたというケアハウスである。ハウスの名称とおおよその場所は妹から聞いていた。雨は相変わらず激しく降り続いている。細い道に車を進めていくと、里山の一角に、広い駐車場を備えた新しい三階建ての建物が見えて来た。私はその門前のスペースに車を停めた。門柱に目指してきた施設の名称が書かれている。

「ここだね」

軍人恩給などで、施設入所の経済的問題はなかったらしいが、手続きや介護その他、今は全く没交渉になっている姉の労力の負担は、決して小さいものではなかったろう。結局、母親の死後の後始末は主に私が、父親の最期は姉が看る、ということになってしまった。大きな建物だが人影は見えない。車外には出ないことにする。由紀子は黙ったまま雨にけぶる建物を見つめている。何度も考えて関わりを断つことを選んだのに、それが正しかったことなのかという思いが胸に湧く。自分が決めたことじゃないかと、私は強く自身に言い聞かせた。雨が窓に打ち付けている。

「もういいだろう、行こう」

私はカーナビに、今度は中之条町役場を目的地設定して車を発進させた。河岸段丘の急坂を下ると広い国道に出る。国道を北に向かい増水した利根川を渡る頃、雨脚が一層激しくなってきた。スピードを落とし、ワイパーを最速にする。フロントガラスの内側をタオルで拭きながら由紀子が言った。

「さっきの話の続きだけど、佐川さんは戦後の謀略事件とお父さんを、どう結び付けて考えてたの」

「うん、まったく荒唐無稽だと私は言ったんだけれどね。松川事件の真犯人らしい人からある弁護士の所に手紙が来ているんだよ。その中にね、群馬県の前橋に二人の仲間がいると書かれていたらしいんだ。そんなことに加えて、戦時中大陸で列車を脱線させた工作員のような経験を持つ旧軍人で米軍がらみ、というような真犯人像もあって、フーミンと話しているうち、高山の親父はどうなんだということになったみたいなんだ。松川事件は一九四九年で私が生まれた年だよ。その頃親父は現職の警察官をやってた。だから、そんなことあり得ないと言ってやったんだよ」

松川事件というのは、敗戦後四年ほどした頃に、東北本線の福島県松川という所で起きた列車往来妨害事件で、レールが外されて列車が脱線転覆し、乗務員三人が死亡した事件だ。事件後、東芝と国鉄の労働組合員らが、大量人員整理に反対して共謀して引き起こしたとして逮捕・起訴され、裁判に掛けられた。長い裁判闘争の末、文学者を含む多くの人々の支援もあって、最高裁で全員無罪が確定した。そして真犯人不明のまま現在に至っている。下山事件、三鷹事件と並んで国鉄三大謀略事件などとも呼ばれる。これら一連の事件の背後には、共産党などの革新勢力や労働運動を敵視する、米軍の諜報機関の存在が取り沙汰されていた。

「四年後が丁度七十周年だから、佐川さん、その時に本を出すつもりなのかしら」

指を折って考えていた由紀子が言った。

「ああ、松川事件の七十周年か。そういうつもりかも知れない」

それにしても、父親がそんな事件の真犯人と重ねて見られてしまうような経歴を持っていることに、私はあらためて驚きを感じざるを得なかった。

昼食の時刻になっていたので、途中の道の駅で休憩をとった。山菜蕎麦を食べながら、私は由紀子に佐川との話の続きを語った。

「佐川さんとの話、あれで終わりじゃないんだよ。あれだけのことで、わざわざ訪ねて来た訳じゃないんだ」

「それって史恵が電話で言ってたことかな、もしかして。お義父さんが警察を退職した事情じゃないの」

「そうさ。フーミン、何て言ってた」

「他人の家のこと、勝手にいろいろ解釈しちゃって、あなたが気分を害してないかって」

史恵は学生時代の一時期短歌に凝って、短歌同人を主宰していた私の母親と、私抜きで関わりを持っていたことがあった。小さな地方都市では時どきある偶然なのだ。私の家庭の事情は、母親からも聞いていたに違いない。

「気分を害してなんかいないよ。だけど佐川さんが言ったこと、多分フーミンと二人で考えたんだろうけど、荒唐無稽過ぎるんだよな。あの二人はね、協力して推理小説か探偵小説を書くと売れるかも知れない」

「確かに二人とも、昔から謀略みたいな話が好きだったわね。それで、あなたに佐川さんが話したのはどんなことなの」

あの日佐川は、私の父親が警察を辞めたのは、権力の謀略だったのではないかと言ったのだった。父親は、山間部の小さな警察署に次席として赴任し、その管内の温泉で水商売を営む女性と関係をもって、結局退職することになった。ただ、そこに赴任する少し前には、市部の警察署の腕利き捜査課長として、規模の大きな土木汚職事件を摘発していた。その事件の捜査主任だった父が、突如解任されて、形の上では栄転として県警本部に転勤させられたのである。新聞は連日、この人事の異様さと、その裏にあるものを暴こうとする記事を書いた。「高山警部無念」などという記事もあった。捜査の手が大物保守政治家に届きそうになり、父親が目こぼしを拒否したための更迭というのが、ことの真相だったらしい。私も小学二年生の三学期から、突然違う小学校へと転校になったので、この事件のことはよく覚えている。新聞記者が何日も家に来ていた。その後父親は、短期間県警本部にいて、次にくだんの山間部の警察署に転勤となったのである。それを佐川は、知り過ぎた高山八十吉を女で篭絡して退職に追い込む、そういう謀略だったのではないかと言うのだった。その「知り過ぎた」には、松川事件に関わったという過去の経歴もあるんじゃないかと、佐川はそういう見解を述べたのである。

「へえ、すごい想像力。びっくりだわ」

「な、いい加減にしてほしいよ。荒唐無稽もいいところだろう」

そこまで話して私たちはどんぶりを片付け、また車に戻った。小降りになった雨の中、国道を西に進む。

中之条町に入る頃、雲が切れて青空が顔を出した。役場に着く頃には太陽ものぞいて、駐車場には湯気が上がり出した。私がカウンターで除籍証明を申請している間、由紀子は観光案内に行って係の女性と何か話していた。書類を受け取ってそこに行くと、由紀子はこの地域の墓地やお寺のことを尋ねている。

「何か分かった」

「この町がものすごく広いということが分かった。それだけ」

車にもどり、私はカーナビに、父親の本籍地を入力した。役場から二十分足らずで到着すると表示が出た。

「よし行ってみよう。雨も上がったしね」

私がそう言ったが、由紀子は何かじっと考えていて返事をしない。私はシートベルトを締めながら由紀子に声を掛けた。

「どうしたの」

「えっ、あのね、思い出したの。お義母さんを連れて九州の雲仙の温泉に行ったことあったでしょう。あの時、子どもたちを寝かせて、夜遅くまで三人で話したじゃない」

「そんなこともあったな」

「覚えてないかしら。若い頃のお父さんの武勇伝を、いくつも話してくれたわ。今この写真を見て思い出した」

由紀子はこのあたりの治水に関するパンフレットの、セピア色の写真を指差してよこした。災害現場らしい場所に、アメリカ軍の車両と兵隊が写っている。戦後、キャサリンとキティーという女性名のついた二つの台風によって、群馬県も大きな被害を出した。その時の写真のようだった。

「ほら、覚えてないかな。伊香保温泉でアメリカの偉い軍人とお酒を飲んでいた時、女性を世話しろと言われて、お義父さん怒って……」

「ああ、ああ、聞いた、聞いた……」

私にも記憶が甦った。アメリカ軍の将校と飲んでいたら、女を世話しろと言われて、激怒した父は、酒の力を借りたのだろうが、将校が乗って来たハイヤーに下駄で駆けあがって、ボンネットや屋根に二の字の痕をたくさん付けたのだという。

「お義母さん、そう言ってたわよね。それでね、どうしてお義父さん、アメリカ軍の将校なんかと温泉に行ってたのかな」

「えっ、それは知らないけど、随分前の話らしいから、当時は駐留軍が警察と打ち合わせをすることもあったのかも知れない」

私はそう答えたが自信はなかった。

「それで、その事件には何のお咎めもなしで、その後も昇進していったんでしょう。考えてみれば不思議だわね」

「ええっ、由紀子までが謀略説に加担するのかい。勘弁してくれよ。お咎めなしって、お袋が知らなかっただけで、後でこっぴどくとっちめられたかも知れないじゃないか。佐川さんの説なんて、あんなの絶対あり得ないよ。あの日佐川さん自身も、話の最後でそれは違うと言ったんだ」

私は車を駐車させたまま、新宿での佐川との話の結末を、由紀子に語って聞かせた。

4

時計はすでに午後九時半を過ぎていたが、ビールを酎ハイに代えて、私と佐川は話し続けていた。

「だって事件があったその年、父親は現職の警官として勤務していたんですよ。私が生まれた頃は食糧不足で、両親二人で毎日力を合わせて、ようやく生活を成り立たせていたそうですよ。下っ端だったから、よく非常呼集で呼び出されたり、宿直もあったらしいけど、その頃は真面目に職場と官舎を往復するだけの毎日だったそうです。当時は家では酒もやらず、ひたすら昇進試験の勉強をしていたのだと母が言ってました。この時期、家事もよくやったらしくて、家の棚を吊ったりしたのは、私が生まれたその頃だけだったって母親が言ってました」

私がそう言うと佐川は、少し酔いの回った口調で話しだした。

「敗戦直後の謀略事件には、現職の警察官が関わったものがいくつかあるんだよ。その警察官の名前まではっきり分かっている事件もある。だからねえ、あんたのお父さんが、当時現職だったからといって、それだけでは事件と関わりがない証拠にはならないんだよ」

その時間になると、私は佐川のこのしつこさに相当参っていた。話を早々に切り上げるために、私は先ほどから感じていた佐川の話の矛盾を指摘することにした。

「佐川さんの話、さっきから聞いていておかしいと思いますよ。知り過ぎた人間に秘密を守らせるんだったら、褒美を与え続けるか、命を奪うかどっちかでしょう。懲罰なんか与えたら、みんなばらされちゃうじゃないですか。私の父親がそんな秘密を持っているんだったら、それをネタに地位とか金をねだることだってできたでしょう。父親は女性問題の責任を取って自ら辞職して、家族は貧困の中に突き落とされたんです。いわば社会的な制裁を受けた訳ですよ。その後だって、愛人と開いた小さな居酒屋の主人ですよ。最後は小さな会社を作ったけど、儲かった様子はなかった。そういう事実も見てくださいよ」

佐川は腕組みをして聞いていたが、やがて度の強い眼鏡を指でずり上げるようにしながら言った。

「そのことはもちろん僕も考えたよ。敗戦直後、交番爆破事件をでっち上げたある警察官は、その後異例の出世をして、共済組合も含む警察組織が死ぬまで手厚く処遇した。一方、松川事件の真犯人のように、どこに行ってしまったか分からない者もいる。消された人もいるのかも知れない。あるいは、消さない代わりに、静かに社会の片隅で暮らしていくことを、固く約束させられた人もいたかも知れない。敗戦直後は、米軍の諜報機関が日本中でうごめいていて、奇怪な事件が相次いだ。それに関わった日本人がどんな人間で、その後どうなったのか、まだ何も分かってないいんだからね。それはさ、その後もずうっと今まで、日本の大もとをアメリカが押さえているからだってのは分かるでしょう」

この調子だと、私が佐川の論理に納得するまで話は続きそうだった。

「だけどなあ、うちの父親には絶対にそんな過去はないと思うんだよなあ」

私がうんざりしてそう言うと、意外にも佐川が同調してきた。

「うん、僕も今日、高山君の話を聞かせてもらって、これは僕たちの考え過ぎじゃないかという気がしてきたんだ」

「えっ、そうなんだ。それはどうしてですか」

「松川事件と、親父さんが退職した時期があまりに離れ過ぎているからねえ。それと、米軍やアメリカの諜報機関との接点もないようだしねえ」

「そうでしょう。いや良かった、そう考えてもらえて。ほっとしましたよ」

すると佐川は、一度腕時計を見てから、いたずらっぽく眉根を寄せて言った。

「あと一杯ずつで終わらないか、どう」

「ああ、いいですよ」

私が店員を呼んで酎ハイを二つ頼むと、割り込んで佐川が言った。

「ああ、一緒にお新香ちょうだい」

「まだ食べますか。すごいね、相変わらず」

私がくさすと、佐川はそれを無視してしんみりとした調子で言った。

「だけどさあ、結局あんた、親父さんとは絶縁のままだったんだろう」

「ええ、最初に話した通りです」

「結局、思想かい、考え方かい、親子がそこまで割れちゃったのは」

この時私は、父の最後の手紙に書いてあった「教職員組合教員の亡国教育を憂う」という言葉を苦く思い出していたが、黙ったままでいた。

「いずれにしろ、こんな時期まで、あの戦争が家族を壊し続けてる訳なんだよな」

「あの戦争が、ですか」

「そうじゃないかよ。親父さんとあんたの間の溝、この国の思想対立と瓜二つだと思わないか。あの戦争の総括が中途半端だったために、この国では相容れない二つの潮流が根強く対立している。片やあれはアジアに甚大な損害を与えた侵略戦争だという人たちがいて、片やあれをアジア解放の聖戦だと言い張っている者がいる。七十年も経ってるのに、だよ。お宅の対立はその縮図みたいだ」

そう言うと佐川は、お新香をサクサクと音を立てて食べ酎ハイを啜った。そんな分析をされても、私には返す言葉がなかった。黙っている私にでなく、他の誰かに向けてのように佐川はゆっくりと言った。

「人間のまっとうな生き方や、家族や人間相互の絆を、いとも無残な形で、長い長い間ぶち壊すのが戦争なんですよ」

佐川はグラスの酎ハイを飲み干して、両手をテーブルについた。そろそろお開きという姿勢だ。

「ただ、血のつながった家族なんだから、もう少し親父さんを客観的に見てやったらどうだい。亡くなってからでもさ」

「客観的にとはどういう……」

「そういう人生を生きるしかなかった、一人の人間としてさ。あの時代、人生の選択肢が今のようにあった訳じゃないからね」

それだけ言うと佐川は、また突然大きな声で「おおい、お勘定」と店の奥に声を掛けたのだった。私と佐川の、父親に関する対話はそこで終わったのである。

5

由紀子に佐川との話の顚末を話し終えて、私は役場の駐車場から車を発進させた。雨上がりの日差しが、新緑の山々に明るく降り注いでいる。カーナビの指示に従って運転しながら、私は由紀子に言った。

「米軍の将校と飲んで車を壊したなんて佐川さんに言ったら、また松川事件真犯人説をむし返すかも知れないな。ほらやっぱり米軍と関係があったじゃないかってさ」

「そのことは、佐川さんには言わなくていいんじゃないかしら。お義父さんは、汚職事件に関わった大物政治家を許さないで捕まえようとしたために左遷されて、一時気持ちが曲がってああいうことになってしまったのよ。正義感の強い人だったのよ。もしも松川事件のような謀略を持ちかけられたら、激怒して、また車の上を下駄で走ったかも知れないわよ」

「由紀子にそう言ってもらうと、何だか気持ちが楽になるよ」

車は国道を離れて田園地帯に入っていく。バスが通う道らしく、所々にバス停の標識がある。見覚えのある大きな神社の森を通り過ぎると、カーナビは左の里山に入っていくやや細い坂道に車を導いた。

「この辺り、見覚えないの」

「ないな。こんな所にこんなにたくさん家はなかったしなあ。全然分からない」

間もなくカーナビが「目的地周辺です」と告げた。しかし私の記憶には全くない場所なので、そのまま道なりに坂を上がって行く。やがて広々とした畑の中に出た。このあたりにはもう人家はない。

「ここは違うよね。畑ばっかりだもんなあ」

「ちょっと降りてみましょう」

畑の脇の草地に車を寄せて停め、私たちは外に出た。遠くにごつごつした臼のような岩山が見える。どこからか雲雀の声が聞こえてくる。見渡しても墓地らしい所はない。

「今思い出したけどね、妹が親父が死んだって伝えてきた時、骨の話をしたんだよな」

私は、妹から伝えられた父親の骨の話を思い出していた。

「骨の話って」

「骨がすごく太かったんだそうだ。軍隊に行っていた人だからじゃないかと言ってたよ」

「そうなの……」

実の息子すら参列しなかった侘しい葬儀のイメージが湧いた。私はまた、自分が決めたことじゃないかと強く自身に言い聞かせた。

「下に戻ろう。この道の入口まで戻りながら、周りをもう一度見てみよう」

私たちは草地で車を方向転換させて、坂道に戻った。急坂を下りきった所で前から軽トラックが来た。丁度、緩やかになった坂道の右側にすれ違いゾーンがあったので、そこに入ってやり過ごす。再び道路に出ようと左を見た時、そこに石塔がいくつか並んでいる小さな墓地が見えた。ブロック塀で囲まれている。何気なく見ると、一番手前の黒い石塔の裏側に「高山八十吉」の文字が見えた。全くの偶然だった。

「あった、ここだぞっ」

驚きの中で私は叫ぶように言った。ハンドルをそのままにバックして、すれ違いゾーンに車を戻して駐車した。

「あそこだ。見えるだろ。名前が書いてある」

私と由紀子は車の外に出た。そこが私の記憶にある墓地に違いなかったが、それを認めるまでに一過程があった。目の前のそれは、記憶していたものの半分ほどのスケールだったのだ。私は幼年期の自分の背丈を基準に、記憶の映像を持っていたようだ。

「記憶ではこの道はもっとずっと広くて、その塀もずっと高かった」

私は道を渡って、おそるおそるというような思いで右手の石段を登った。この石段も、記憶ではもっと高低差が大きかった。墓地には高山姓の石塔が五つ並んでいた。これも、記憶よりもずっと小さいものだった。石塔の裏に記名された名前によって、その一番手前の新しい石塔が父親のものだと知れた。祖母の名前も記されていた。もう何十年も思い出したことのない名前だった。私は背筋を伸ばして墓石の前に立った。その私の脳裏には、この近くを流れているはずの小川で、両親と姉と幼い私で魚取りをした記憶が甦っていた。父は器用な人で、たき火を熾しておいて川に入ると、手づかみで小魚を取ってきた。父と遊ぶことは滅多になかったから、この日のことはよく覚えている。

「代わって」

合掌をするでもなく突っ立っていた私に由紀子が言った。私は場所を譲った。由紀子は一礼してから、しゃがみ込んで合掌した。それを目の隅で見ながら、私は、佐川に会わなければここには来ていなかっただろうと再び思った。佐川の、そろそろ父親を客観的に見てやれという言葉が浮かんだ。見渡せば寂しい墓地だった。土葬の時代からずっと、一族の者の遺骸をうずめ続けてきた土地なのだろう。地面は土がむき出しで、雨上がりのため湿気っぽかった。この下に父親は眠っている。警察の同僚の中には勲章をもらった人もいて、聞くところでは、地方新聞に報道されるような盛大な葬儀で送られたらしい。そのような人とは比べたくもないが、やはり寂しい最期ではある。私はこの時、松川事件の真犯人たちの末路を思った。巨大な権力、おそらくは駐留米軍の手先となって犯罪を犯した者たちは、一体どういう人生を送ったのか。佐川の推測では、大陸で破壊工作に携わった元兵士か、共産主義に強い敵意を持つシベリア抑留経験者ではないかという。彼らは犯罪者ではあるが、いくつもの巨大な権力によって繰り返し翻弄され、遂には社会の表舞台から消されていった人たちだとも言えるだろう。結局、彼らの人生は、あの戦争によって大きく運命づけられたのだ。人間のまっとうな生き方や、家族や人間相互の絆を、いとも無残な形で、長い長い間ぶち壊すのが戦争だという佐川の言葉が思い浮かんだ。

「先に行ってるわね」

由紀子の声に、私は現実に引き戻された。

「あ、ああ、いま行く」

私は、父と祖母の墓石に一礼して踵を返した。道路に下りて坂道の反対側を見ると、そこに大きな塔が建っている。私は思わず歩み寄った。忠霊塔である。これには確かな記憶があった。忠霊塔という物の名称を、母から初めて教わったのがここだった。記憶では、この塔はもっとずっと大きく聳え立っていた。その前に広がる運動場のような広場の縁には、来た時には気づかなかったが、立派な桜の木が何本も生えている。

「おおい、来てご覧」

私は、忠霊塔の裏に回って文字を読んでいる由紀子を呼んだ。

「ここだよ、ここ。親父が木に登って軍隊の行進を見たっていう所」

私は広場を、バス通りに近い桜の木の方に向かって歩きながら言った。

「軍隊の行進を……」

「親父が子どもの頃、この辺りで陸軍の大きな演習があって、あの下の街道を大人数の部隊が行進したんだってさ。『歩兵の本領』っていう軍歌を歌いながらね」

その話を私は小説にも書いており、由紀子もそれは読んでいるはずだった。

「ああ、あの作品の場所ね。さっき通って来たバス通り、あそこを行進したのね」

腕白だった父は、道路脇で見物するのに飽き足らず、近くの桜の木によじ登って、隊列の全体像を眺めたのだという。私は街道を最もよく見下ろせたであろう一本の桜の巨木の下に立った。整然と行進する部隊の前方の兵士たちが「万朶の桜か襟の色」と声を合わせて歌うと、後方にいる兵士たちがそれを繰り返して歌い、次に前が「花は吉野に嵐吹く」と歌うと、それを後ろが繰り返す。「大和おのこと生まれなば」「……」「散兵戦の花と散れ」「……」というふうに。それが父から見ると本当に勇ましく、子ども心に激しい憧れを抱いて、その時に兵隊になることを決意したのだそうだ。そして十八歳になるかならぬかの頃に、この同じ道を通って騎兵連隊に志願して行ったのだ。早くに父を亡くし、母親と二人で狭い農地を這いずり回る貧しい生活から抜け出すには、それが一番の早道だったのだろう。そういう人生を生きるしかなかった、一人の人間として父親を見たらどうかという、佐川のあの時の言葉が脳裏に甦った。あんな離別の仕方でよかったのかどうか。そのことは、自分の胸の中で、これからずっと嚙みしめて生きていかねばならないのだろう。

「さあ、そろそろ帰ろう」

「ちょっと待ってて」

先程から由紀子は、脇の草原で野の花を摘んでいた。

「ここお花がたくさんあるのよ。ほら、カワラナデシコがほらこんなに。ホタルブクロもあったわ」

由紀子はそう言って持っている花を二つに分け、当たり前のように、私にその一束を差し出した。そうして私たちは、再び父の墓石の前に立ち、その墓前の花差しに野の花を飾った。自然に二人は黙とうをしていた。墓地を出てから私は由紀子に尋ねた。

「黙とうで親父に何て言ったの。俺は、言うべき言葉が見つからなかった」

「え、当たり前のことよ。もう二度とこの国が戦争をしないように頑張りますから、安心してお休みくださいって」

「へえ、それじゃ親父、さぞ面食らったろうな」

そう言ったが、私はそれでいいのだと思い返した。二人が東京に帰れば、「戦争法」に反対して、力いっぱい頑張るのに違いないのだから。見上げれば、西の空にたなびく雲が橙色に染まっている。私は車に乗り込む前に、もう一度父の墓石に目をやり、心の中で永遠の別れを告げた。


（『民主文学』二〇一六年三月号）

分断の系譜

1

少し前からひとつのことが気に掛かっている。インターネットのあるサイトで、七年前に死んだ父親が語る戦争体験の記録に出合ってしまったのだ。私の知らない父親の姿がそこにはあった。父親とは三十年近く前に絶縁し、七年前の葬儀にも私は参列していない。父親と私の縁が切れたのには、あのアジア太平洋戦争の見方が、体験者の父親と団塊世代の私で決定的に違っていたことが大きい。父はあの戦争を「大東亜戦争」として肯定しており、自分が中国大陸での戦闘で、捕虜を七人も斬首したことや、数十人を機関銃で射殺した経験を「戦争というのはそういうものだ」として、当然のことのように語った。父は、私が小学校の頃に、母と私たちとの生活を捨てて、別の女性の所に去った。ただその後も律儀に養育費だけは届けに来るような人だった。そういう日、父は軽く一杯やりながら、高校生の私に戦争体験を話した。当時の私は、非常に強い興味を持ってそういう話を聞いた。しかしながら、その後一人になった時に、自分には殺人者の血が流れていると激しい自己嫌悪にも陥った。そんなことで私は、大学時代に戦争についての本を読んだり、体験者から話を聞いたりするようになり、あの戦争は明白な侵略であって、日本はきちんとそのことを総括し反省すべきだと考えるようになっていった。父と意見が合うはずがなかった。私が教職に就いて、組合活動や平和教育に熱を入れ始めた頃、父との亀裂は一気に深まり、絶縁状態になったのだった。

それから三十年、私の気持ちの中では、父との軋轢についても整理が付き、一度は祖父母の墓地にある父の墓にも参っている。総てはもう終わったことになっていたのだ。ところが先日閲覧したネット上の父は、否応なく再び〝父親の戦争〟を私に突き付けてきた。私の中には、とうの昔に片を付けた過去に、もういちど対面しなくてはならないような、振り返りたくない記憶の焼け棒杭が、再びくすぶりだしたような、そんな不快感と、ウンザリするような疲労感が湧いた。以来、ふとした折にその記憶がよみがえり厭な気分になる。しかしながら私は、自分の義務として、このことはいつか、二人の息子たちにだけは話しておかなくてはなるまいと考えていた。その機会がなかなか見つからないまま、今年のお盆を迎えた。そこに息子たちから故郷への墓参の話が持ち込まれたのである。

新型コロナウイルスの感染拡大は、夏に入っても止まる気配がなかった。特に私の住む東京の感染者数はずば抜けて多い。地方では、東京ナンバーの車に傷が付けられたなどという厭な話も聞かれる。せっかくの盆休みも、出掛けずに家で過ごすことを選択する人も多いだろう。しかし、私の二人の息子たちは、家族を連れて群馬県に墓参りをすることを計画していた。子どもが伸び伸びできる企画を様ざま検討したらしいが、結局安全面から考えると、日帰り墓参という形しかとれなかったらしい。

私の息子は、二人とも社会変革の事業を職業としている。未来に社会主義・共産主義の社会を展望して運動する政党の仕事である。昔で言えば職業革命家で、二人の毎日は私の経験では考えられない程の猛烈な忙しさの中にある。息子たちの連れ合いもまた、長時間労働の現場で働く労働者である。今回の旅行は、そんな四人の勤務の調整を重ねて、ようやく実現までできたものなのだ。このコロナ禍の下、私たち夫婦だけだったら、「ホトケほっとけ」と墓参は省略していただろう。だが、そういうことならと誘いに乗った妻は、前日にはいそいそと仏花などを用意した。そんなことで、私たち夫婦も入れて大人六人、子ども四人と犬一匹が、車二台に分乗しての日帰り旅行となったのである。

私と妻は同郷で、妻の両親の墓と私の母親の墓は、共に群馬県前橋市にある。妻の両親の墓所はお寺さんだが、私の母の墓は市営墓地にある。赤城山南麓に拓かれた広大なその市営の公園墓地には、子どもたちが自由に水遊びできる小川や、筏のある池、芝生の原っぱなどがあり、様ざまなアスレチックまでもが設置されている。息子たちも、子どもの頃から何度か行っている場所なのである。

コロナ禍は小さな子どもたちにも大きなプレッシャーとなっている。夏休みになってもプールは開かれず、公園のブランコや滑り台さえも使えないし、友だちとの行き来もままならない。近くにある、普段は水遊びできる児童遊園地も水が止められてしまっている。それでも子どもたちは、健気に言いつけを守って室内で過ごし、たまに外に出る時には小さなマスクを着けるし、帰ってくれば手洗いうがいを忘れない。うちの若い親たちは、祖父母の墓参りを利用して、そんな子どもたちに思い切り羽を伸ばさせようと考えたに違いない。幸い群馬県の感染者は少なく、その公園墓地では、今のところはまだ水遊びもできるらしい。なるべく早い時間に向こうに着いて遊び、人が多くなる前に帰ってくる。途中のお店やサービスエリアには、トイレと食料調達以外立ち寄らない。食堂とレストランは利用しない。駐車場では東京ナンバーが目立たないようにする。そんな、冗談であってほしいような打ち合わせをして、朝五時半、快晴の東京を出発した。二台で一緒に行くと不要な神経を使うということで、それぞれのペースで進み、前橋インターの出口で待ち合わせることになった。

私には長男の車の助手席が割り当てられた。私が座席に座ってシートベルトを締めると長男が言った。

「最近どう。快眠できてる?」

少し前に、夜中によく目が覚めて眠れなくなるという話をしたことがあったのだ。

「ああ、ここのところ大分いいんだが、まだ時どき夜中に目が覚める。トイレなんかで一度起きると、いろんなことが頭に浮かんで眠れなくなってしまうのさ」

ネットで父の言葉と出合った時期、一番不眠に悩んだのだが、それは言わなかった。

「晩酌は?」

「ああ、ビールと日本酒を少しな」

「アルコールは、質のいい睡眠を妨げるっていうよ。大変かも知れないけれど、少し酒を控えたら？」

確かに、飲まずに寝た夜は朝までぐっすり眠れるというのは経験している。

「それとねえ、朝の光に当たるのがいいらしいよ。体内時計がリセットされて、夜ぐっすり眠れるっていう話だ」

「禁酒と日光浴か。ま、少し考えてみる」

車は関越自動車道に入った。長男は私の知らない音楽を聞きながらハンドルを握り、後部座席の人たちは睡眠モードに入っている。私はこの時、息子たちに父の話をする機会は、今日を逃すとまたしばらく取れないように感じた。目を瞑ると記憶がよみがえる。

あの日私は、インターネットで、ある日本軍の部隊の戦歴について調べていた。ネットには、戦争体験を記録しているサイトがいくつかある。その一つで、関係ありそうな体験談を拾っていた私は、全く偶然に、そこに父親の名前を見つけたのだった。驚いて、胸の高鳴りを抑えつつ名前をクリックした。すると、父の終の住処となった老人ホームでの、父へのインタヴューの詳細な記録が画面に現れたのである。そこには、生まれから学歴、軍隊への志願、訓練、戦闘、除隊、その後の領事館警察勤務、引き揚げと帰郷、帰国後の人生までが、父らしい話し言葉で記述されていた。私は興奮に包まれながら読み進めた。初めて知ることも多かった。その中で私が自分の目を疑ったのは、引き揚げについて語られている部分だった。

「ええっ、これは……」

私は思わず声を上げた。私が両親から聞かされてきた引き揚げの話と異なる、驚くような事実がそこには記述されていたのだ。

私の両親は、アジア太平洋戦争の末期に、中国の天津で結婚した。父親は三年間の兵役のあと除隊して、領事館警察に勤務していた。母親はその近くの病院の看護婦だった。日本の敗戦で、両親は一年間天津で待機させられた後に引き揚げて来た。その一年の間に私の姉が生まれ、両親は赤ん坊を抱えて大変な苦労をして帰国した。その頃のことを母は、姉や私や妹によく話して聞かせた。

敗戦後の天津での父親は、夜になると拳銃を懐にして、時どき銃声のする街に出掛けて行くような日々を送っていた。母はそれを「天皇陛下を大陸に呼ぼうとする人たちとつきあっていた」と表現した。そんな危ない動きに関わっていた父だから、帰国手続きの時に、国民党政府の官憲に捕まる恐れがあった。顔を知られているかも知れないので髭を生やし、それればかりか、父は苗字を母のものに変えて引き揚げ船に乗ったのである。船はLSTというアメリカ軍の戦車揚陸艦だった。東シナ海は波が荒く、父は船酔いに苦しみ続け、母はロウソクの火で何とか赤ん坊のミルクを温める、そんな日々だった。佐世保に着く時、両親は赤ん坊を抱いて、久しぶりの祖国を見に甲板に出た。港の方に目をやると、星条旗を付けた小型の船が近寄って来る。そこには何人かのアメリカ兵が乗っていた。それを見た父は顔色を変えた。小船が横付けされ、アメリカ兵が舷側のタラップを上がって来る。父は血の気を失った顔で母に語った。

「あの連中は、俺を逮捕しに来たのだ。捕まればしばらく戻れない。お前は、大変だが赤ん坊を連れて、俺の故郷に帰っていてくれ」

父は自分の財布を母に託しながらそう言った。母が驚いて言葉を返そうとすると、甲板に上がったアメリカ兵の一人が、父親を指さし何か言って手招きしている。母は全身の血液が凍り付いたように感じた。父は別れ際母の手を強く握ってから、覚悟を決めたようにアメリカ兵に歩み寄って行った。次の瞬間、そのアメリカ兵は父の髭をほめるような仕草をして、父にポーズを取らせカメラを向けたのだという。父の笑顔で、母はアメリカ兵が写真を撮りたかっただけだと気付いた。そういうふうな落ちのある話だった。

子どもたちにとっては、何回聞いてもハラハラドキドキ、そしてホッとする話だった。同じ話は父からも聞いていた。私はいくつかの疑問をもちながらも、小さい頃から聞かされてきたその話を、真実の出来事だと信じてその後を生きてきた。そして他人にもそう語ってきたのだ。ところがである。ネット上の父親は、全く別のことを語っていたのだ。

「父さん、前橋インターだよ」

長男のその声で私の思索は中断され、意識が急に現実に戻った。料金所が目の前に迫っていた。

2

車は一般道に出て速度を落とし、前橋インター近くのコンビニに停車した。次男家族の乗る車も数分後に到着した。コンビニの駐車場が急ににぎやかになった。私もマスクをして下車し、固くなった腰を伸ばす。

「じいじ、これ見て」

一年生になったばかりの早希という孫娘が、次男の車の後部座席の窓から顔を出した。奥では二歳の結衣が眠っている。早希は小さなスケッチブックを差し出した。見ると紙面いっぱいに鳥の絵が描いてある。への字に描かれた鳥の目が思い切り笑っている。

「ほう、可愛い鳥だなあ。早希ちゃん本当に絵がうまいね。自動車の中で描いたの？」

「違う。じいじにあげようと思って昨日描いた。待ってて、切ってあげるね」

「ありがとう。嬉しいな。じじの机の前に飾っとこうな」

早希の小さな手から絵を受け取りながら私は、自分が先ほどまで考えていた敗戦直後の世界と、今この早希たちの生きる現実の日本が、恐ろしいほど遠く隔絶したものだという実感を持った。脇の道路では風のように次々と車が走り抜けて行く。

トイレを済ませ、食料を買い込んで、最初に妻の両親の墓所である常徳寺に向かう。同郷の夫婦は墓参が一度で済むので便利だと思う。寺の駐車場にはかなりの数の車があった。私たちも車を停め、花と手桶を持って墓所に向かう。風もなく穏やかな日である。ここには四角柱で頭部が方錐の形をした軍人の石塔が多い。その一つを見ると「大日本帝国陸軍伍長〇〇の墓」と刻まれている。長男の一人息子で六年生になった稜をつかまえて、裏側に彫られた墓誌の一部を読んでやった。

「北支とあるから、中国北部で戦死した人の墓だね。戦争中に建てられたんだよ」

「ふうん、じいじ、生まれてた？」

「え、いや」

「大昔だね」

確かにそうだ。またまた時代の隔絶を感じさせられる。

「はあい、みんな手を合わせてね」

東京で生まれた四人の孫たちは、葬式とか墓参にはあまり縁がない。

「神様じゃないんだから手は叩かないのよ」

早希も結衣もそれぞれに小さい手を合わせている。お墓に水を掛けて花を飾り、それから墓地の隣にある有名な神社に行ってみることになった。家族で一番小さいのは結衣だ。前を歩くちっちゃな背中が何だか窮屈そうだ。

「やだ、結衣ちゃん、まだ手を合わせてるの。もういいのよ」

彼女は言われた通り、歩きながらも健気にずっと手を合わせていたという訳だ。一同笑いに包まれる。

ここにある神社は七世紀に建てられたと言われていて、巨木にはキツツキが住んでいる。私も何度か姿を見たことがある。次男の息子の航は小学四年生。その話を聞いたら、もうキツツキの姿を見るまでは帰らないという勢いで、稜と一緒にあちこちの巨木を見て回っている。その二人を見て、私が今日息子たち伝えようとしていることは、この子たちの曾祖父が、まだ青年だった時代のことなのだとまたあらためて思わされた。大昔だね、という稜の言葉を嚙みしめる。

その寺から、いよいよ公園墓地に向かう。カーナビという便利なものがあるから、年寄りの道案内など不要だ。助手席で少しの間目を瞑る。また、ネットでのあの父親のインタヴューの文言が浮かんでくる。父は引き揚げの時のことをこう語っていたのだ。

「二人ね、連れて帰りましたよ。一人は天津の憲兵隊長。もう一人はおじいちゃんで、汪兆銘の軍事顧問だった人。日露戦争でロシアに潜伏して鉄道爆破をやった、沖とか横川といった人たちのいた特務機関の関係者です。迎えに行ったら『内地に帰っても仕方ない。このままでいいから』と言う。何とか説得して連れ帰りましたがね」

私はここを読んで本当に声を上げてしまったのだ。驚きだった。戦時中の中国で、憲兵隊は日本の支配に従わない人々を徹底的に弾圧した。裁判にもかけず殺害するようなことも平気でやっていた。天津という大都市であれば、弾圧の犠牲者も夥しい数にのぼるだろう。その憲兵隊の責任者ともなれば、最悪の戦争犯罪人として、国民党政府の官憲も共産党軍も血眼で探していたに違いない。日本の傀儡といわれた汪兆銘政府の軍事顧問も、第一級の戦争犯罪人として追及される運命だっただろう。父はその二人を、おそらくは自分の家族として、母の苗字で帰国させたに違いないのだ。

続けてネットの父はこう語っている。

「佐世保に上陸する時、アメリカ兵の乗ったランチが近づいて来たんですよ。戦犯として逮捕されると思いましたね。ところがアメリカ兵は近付いて来ると逮捕どころか『いいヒゲだな』と誉めるわけですよ。すごくヒゲを伸ばしてましたからね」

これを読んで私の長年の疑問が解けた。子どもの頃から聞かされていた話で、私が成長してから不思議に感じていたのは、父親はどんな悪いことをして、佐世保でアメリカ軍に逮捕されるかも知れないような、大物戦犯になってしまったのかということだった。父親は領事館警察では一介の巡査だった。そのため私は、その頃の父は戦争犯罪者として追われるようなことはしていなかったと考えていた。となると、敗戦後の天津で「大日本帝国」再興の運動に加わっていたこと、それが罪とされたのかも知れないと思った。おそらくその運動を中心で担っていたのだ。そう考えるしか説明がつかなかった。それが実は全く違っていたのである。連れ帰った二人こそ、アメリカ軍にまで手配書が回っている可能性のある大物戦犯だった。もちろん、そんな二人を家族として連れ帰るような関係だった父も、苗字を変えなくてはならない程なのだから、追われる身ではあったのだろう。いずれにしろ、その憲兵隊長と軍事顧問は逮捕を免れ、故郷に帰って行ったはずだ。天津の憲兵隊長といえば、おそらく佐官クラスの軍人だろうが、私服を着て目立たぬように、一引き揚げ者として列車に乗ったのだろう。大陸に夥しい死と破壊と屈辱と、そして憎悪を残したまま、二人とも、いや父を入れれば三人とも、何食わぬ顔で戦後の生活を始めたのだ。

父も母もそのことは一切私たちに伝えなかった。二人の男の帰国は極秘事項だったたろうから、母が素性を知らなかった可能性がない訳ではない。だが、私は母も知っていたと感じる。なぜ両親はそれを隠したのか。それは連れ帰った二人が、大日本帝国の武力による中国侵略と支配の中枢にいた人間だからに違いない。父親がおこなった戦闘中の捕虜の斬首や銃殺などよりも、その二人が遥かに重い罪に問われることを、両親は知っていたはずだ。平和憲法の下、戦後民主主義の時代に育った私たちに話せる内容ではなかったのだろう。

そこまで考えた時に長男の声がして、私は目を開いた。

「父さん、ここに停めておくかい。それとももっと奥の方にいい処があるかな」

公園墓地の無料大駐車場だった。

「あ、ああ、ここでいい。そこの木陰に二台入るだろう」

日差しが強烈なので、木陰はありがたい。下車した子どもたちは、まず水に入れる格好になった。それから、みんなでマスクをしてぞろぞろとお墓まで歩き、花をあげて手を合わせて来た。

私の母は看護婦で、子育てを終えて一人暮らしをしていたのだが、雨の夜に酒酔い運転の若者の車にはねられて死んだ。別居していた父とは、それより随分前に離婚している。墓前に立つと、どうしても事故の日のことが思われるのだが、墓誌を見れば、それは一九九一年の出来事で、それからも、もう三十年近くが経つ。十二歳の稜からすれば、これも大昔だろう。

墓参を終えた子どもたちは、林の間に流れる人工の小川に入って、早くも水しぶきをあげ出した。マスクを外して思い切り声を上げている。犬も長いリードを付けて浅瀬を駆け回っている。私は、川縁のあちこちの日陰に設置されているベンチの一つに腰を下ろした。

3

水が流れる滑り台を次々と滑り降りる子どもたちを見ながら、これが本当の子どもたちの姿だと思った。ながめているうちに私も子どもの気分になってきて、仲間入りしたくなった。ベンチに荷物を置き、靴と靴下を脱いで、ズボンをまくって浅瀬に入ってみた。水はそんなに冷たくない。とても気持ちがいい。

「じいじ、見てえ」

早希が私を見つけてそう叫ぶと、滑り台を頭から滑り降りた。

「おっ、おーい、危なくないのか」

傍で見ている息子や連れ合いたちに叫ぶが、彼らは全然気にしていない。近くの岸では、リードにつながれた犬が、気持ちよさそうに陽に当たって毛を乾かしている。その脇に看板が立っていて、この水は上流の沼から引いているので、遊んだ後はシャワーを浴びるようにと書いてある。所々にシャワー設備があるのはそういう訳だった。

「子どもたちはこうじゃなきゃねえ」

やはり膝までズボンをまくった妻が近寄って来て言った。

「超多忙な親たちだから、こういう時間は貴重だな」

「本当、思い切って来て良かった」

息子たちの世代の忙しさは、私の時代と質が違うといつも思う。夕食を家族揃って摂るという当たり前のことが、両方の家ともに難しくなっている。日本中の多くの家庭がそういう様相なのではないかと感じる。みんな揃ってこうして水遊びをする時間の貴重さを、私はしみじみと感じた。

小一時間遊んでから、早お昼を食べることになった。川から少し離れた木陰の二つのテーブルの周りに、３密を避けてそれぞれ間を空けて座っていた。私たち夫婦が行くと、稜が席を示してくれた。二つのテーブルには、サンドウィッチやおにぎりや唐揚げが並べられているが、みんなが箸でつつくような食べ物はない。アルコールスプレーで手を消毒した子どもたちは夢中で口を動かし出した。結衣が早希の持っている唐揚げを指差して言う。

「ゆいちゃんもそれぱりたい。それ、ぱりる」

二歳の結衣は「食べる」というのがまだうまく言えず、「ぱりる」と言ってしまうのだ。みんなの間に笑いが起こる。子どもたちはよく食べ、瞬く間に一包みのサンドウィッチがなくなり、一皿の唐揚げが消えた。そして、果物のデザートを食べ終わるやいなや、稜と航はアスレチックへ向かい、早希も後を追った。眠くなった結衣はママの膝で指を吸っている。テーブルに大人たちが残ったので、私はこの時間をもらうことにした。

「ちょっと二人の息子とお連れ合いさんに話しておきたいことがあるんだけど、聞いてくれないかな」

この際だから、二人の連れ合いにも、息子の祖父のことなどを知っておいてもらおうと思った。

「ああ、いいともさ。こんな時ぐらいしか時間をとれないからね」

長男がそう言うと次男が相づちを打った。

「私の父親、つまり息子たちのお祖父ちゃんの話から聞いてもらわなくちゃならない」

私がそう言うのを次男が遮った。

「ちょっと待って、父さんの方のお祖父ちゃんて、兄さんは会ったことあるの？」

「ない。というか、赤ん坊の時に会ったらしいけどね、母さん」

「それはねえ、まだあなたが一歳にもならない頃一度だけよね」

妻はそう言って私の方を見た。

「そう、一度だけだったね。話したと思うけれど、私との間にいろいろあって、君たちとは交流がなかった。今日はいい機会だから、そのことについても、お連れ合いさんたちに聞いてもらおう……」

私は父親の若い頃のことから話していった。話しながら私は、息子たちには随分詳しく父母の戦争体験に関して伝えてきたつもりだったが、実はあまり伝わっていなかったことに気付かされていた。前に話したはずだと思っていた父の戦場での捕虜殺害なども、長男には「捕虜を殺した」という記憶しかなく、次男といえば初耳だと言って驚くことの方が多かった。親としては話して聞かせたつもりでいても、子どもにとってあまり興味関心のないことは忘れてしまうものなのだろう。

「父親からそういう話を聞いたことで、自分が父親になったときに、どうしても戦争の悲惨さと醜さだけは、子どもたちに徹底的に教えておきたいと思った。母さんもそういう思いを持っていた」

私がそこまで言うと、長男は持っていたコップをテーブルに置いて、連れ合いの方に顔を向けた。目つきの鋭さは祖父譲りだ。

「そういうことで、俺たちは小さい頃から戦争がらみの旅に、あちこち連れ出されたって訳だ。アウシュヴィッツとかね」

次男がそれを受ける。柔道をやっていたから胸が厚い。

「そうだった。僕は一連の旅では、中学生で行った韓国の、日本統治時代の監獄が衝撃だったな」

私は時計を見て話の先を急いだ。

「まあ、そういうことなんだけど、そういう私たち夫婦の姿勢と、お祖父ちゃんの考えはまるっきり水と油だったんだね。我々二人は教師として、平和教育を目指す。組合活動で人権と民主主義を求めて闘う。一方お祖父ちゃんの方は、〝教員組合の亡国教師を憂う〟なんて手紙をよこすしね。それで交流がなくなってしまった訳なんだよね」

そこで話を一区切りすると、二人のお連れ合いたちが口を開いた。

「ああ初めて事情が分かりました」

そう言った次男の連れ合いは保育士だ。

「私も。聞けて良かったです」

長男の連れ合いは経理の仕事をしている。駐車場には次々と車が入ってきているようだ。墓参でなく、ただ遊びに来る人も多いようだ。私は話を肝心な所に持っていった。

「それで、今日話したかったことだ。少し前になるんだけどね、インターネットで、今まで知らなかった父親の一面を見てしまったんだよ。母親にも関係あるんだけれど……」

私が両親から聞かされていた引き揚げ時のエピソードは、長男はかすかに覚えていたようだが、次男は全く記憶になかった。私はあらためてその話をした。そして、ネットでの父のインタヴューの内容を語った。

「ずっと聞かされてきたことと全然違ってた訳だから、さすがに驚いたのさ」

私がそう言うと、長男が頷きながら応える。

「天津の憲兵隊長と、汪兆銘の軍事顧問とはね。とんでもない人たちを連れ帰ったもんだ。特に憲兵隊長なんて、中国の人たちの憎しみの的だっただろう」

長男の連れ合いが小声で聞く。

「どうして？　少し説明して」

おとなしいが好奇心の強い人だ。長男は少し考える仕草をしてから言った。

「憲兵ってのはねえ、あの時代、日本の庶民にも凄く恐れられていた軍隊の中の警察で、何か戦争反対的なことを言っただけで逮捕するような恐怖支配をしていたんだ。中国や朝鮮なんかでも、日本に逆らうような動きをする人間を暴力的に弾圧したのが憲兵さ」

私がつけ加えて、ハルビンの七三一部隊に人体実験用に捕まえた人間を送り込んだ例など上げて、占領地の憲兵について話した。

「そういう人と一緒に帰国したってことは、憲兵隊とうちらのお祖父ちゃんのいた領事館警察ってのは、同じような仕事をしてたってことになるんだろうね」

次男が太い眉毛を寄せて言った。

「そういうことになる。領事館警察での父親を、ただのおまわりさんみたいに考えていた私の迂闊さを、今回突き付けられた。憲兵隊と親しく交流していなければ、家族として帰国させるなんてあり得ないからね」

私がそこまで話した時、子どもたちが汗まみれで駆け戻ってきた。稜が言う。

「もう一回水に入っていい？」

「着替えはもうないから、パンツ濡らしたら裸っぽうで帰らなきゃならないわよ」

ママが言う。ばあばが決めの言葉を出す。

「濡らすのは足だけにしなさい。最後にみんなで顔を洗っておいで」

「はあい」

不満そうにしながらも、子どもたちは川に走っていく。もうそろそろ人が多くなってきた。家族連れがそこここのテーブルに荷物を広げている。撤収しなくてはならない時間だ。私は話をまとめる思いで言った。

「私は、父と母から戦争体験を結構聞かされて育った。だから二人のことはかなり知っていると思っていた。それが大間違いだった訳だ。私たち団塊の世代は、多くの父親が戦場体験者だけど、私の知り合いでは、それを聞いたという人がほとんどいない。私は特別なんだと思っていた。父は捕虜の首を斬った話までしたんだからね。厭だったけれど、半分よく話してくれたとも思っていた。それが結果的には父との絶縁に繋がったんだけれど、それはもう過去のこととして、自分の中で片が付いていたんだよ。ところが父は重要な事実を語っていなかった訳だ。母もね。考えて見れば私に話した事なんか、両親の体験のごくごく一部なんだろうね」

少し沈黙があってから長男が口を開いた。

「確かにね、高校の歴史の授業で祖父母の戦争体験を聞いてこいという課題が出たけど、祖父が中国で騎兵連隊にいて捕虜を殺しました、なんて言ったのは俺だけだったからね。ほとんどが空襲の話さ。あと、南方に送られて骨も帰って来なかったとかいうのが何人かいたけど。そういう意味じゃ、祖父ちゃんという人は自分の体験を良く言い残してくれたってことじゃないの？」

そこまで黙って聞いていた妻が、少し身を乗り出すようにして言った。

「私ねえ、生きて還ってきた日本軍の兵士たちが、もう少し自分の体験を話してくれたらと、強く思うことがあったのよ。いつだったか、日本軍慰安婦はただの売春婦だなどという議論が出てきた時よ。『いや違う、彼女たちは軍に管理されていて、自由のないひどい状態だった』って、どうして声を上げてくれないのかと思った。何十万人もの兵士が慰安所を利用していたはずでしょう。そういう証言をした元兵士は、ほんの僅かよ」

確かに私が読んだ慰安婦に関する冊子でも、軍医だった人と、利用はしていないが慰安所を見たという元兵士、その二人の証言が掲載されていただけだった。私が言った。

「すごくたくさんの兵士が口をつぐんだまま鬼籍に入ってしまったということなんだよ。南京大虐殺だって、少なくない兵士の証言があったから良かったけれど、そうでなければ無かったことにされかねなかった」

それに応えて長男が口を開いた。

「それはよく分かるよ。だけど、あの戦争での体験を洗いざらい告白できた人ってほとんどいなかったんじゃないかな。侵略戦争ってのはそういうもんだろう。祖父ちゃんのことに話を戻せばね、祖父ちゃんが父さんに言えなかったことなんて、憲兵隊長のことだけじゃないと俺は思うぜ。ただささ、他の人が沈黙していた加害の体験、そういうあまり言いたくない事実を、たとえ一部にしろ、正直に息子に話したってのは、めずらしいし、たいしたことなんじゃないのか」

次男が続けて話す。

「僕もそう思う。父さんが戦争の本を読みまくって、僕たちを旅に連れ出して戦争を考えさせたのだって、お祖父ちゃんが加害の体験を話したからだろう。そういう意味じゃ、僕が今の道を選んだことにまで影響している」

その言葉を長男が引き取った。

「まあ、そう言えなくもないな。いずれにしろ、父さんとどういう関係だったかはともかく、俺たちの祖父ちゃんには違いない。そうだ。祖父ちゃんの墓参りに行こうぜ。前から思ってたんだ。みんないいだろう？　父さんと母さんは何年か前に行ったんだよね。ここからどの位で行ける？」

弟や連れ合いたちまでが賛成している。妻と顔を見合わせる。予期せぬ展開になった。

「一時間半くらいかな」

「よし、決まりだ」

大人たちがテーブルから立ち上がる。子どもたちが川から上がって来るのが見えた。

4

父の墓のある小さな町は、赤城山の裾野の公園墓地から見て西の方角にあたる。利根川を渡り、その支流の吾妻川を草津温泉の方向に遡って行く。昼過ぎの強い日差しの下、水遊びで疲れた子どもたちは、車に乗るとたちまち爆睡状態になった。信号のほとんどない県道を、二台の車が連なって走る。しばらくすると、脇道から白いワンボックスカーが合流して、私たちはその車に着いて走るようになった。その車も家族連れが乗っているらしく、二人の子どもの影が時どき動く。後部のウインドウガラスには、金色の菊の紋章が貼り付けてある。その上に白い文字が縦書きで並んでいるが、小さくて読み取れない。国道に出る処の信号待ちで見ると、それは「君が代」の歌詞だった。父親か母親が皇室を敬う人なのかも知れない。あるいは、あの戦争を聖戦だと信じている人なのだろうか。何か厭な物を見た気分だった。私たちは学校での日の丸と「君が代」の押しつけに反対して闘ってきた。うちの二台の車の中の世界と、前の白いワンボックスカーの中の世界の違いを思わされた。向こうの人が私たち夫婦の考えや、ふたりの息子の職業を知ったら、何て偏った特殊な家族なのだと驚くだろう。私たちが向こうの家族のことを知っても、同じような真逆の驚きを持つのに違いない。同じこの国に生きて、同じ空気を吸っている人たちが、どうしてこんなに違ってきてしまったのか。分断されてきてしまったのか。これを多様性として肯定などできるのだろうか。

そんなことを考えていると、後部座席から妻が言った。

「どこかでお花が買えるといいんだけど、そんなお店があったら停めてちょうだい」

「了解。父さんも、見つけたら言って」

長男はそう言うが、そんな雰囲気の店がすぐすぐ見つかるような道路ではない。信号のない一本道が続く。いつの間にかあの白いワゴン車はいなくなっていた。

道は広い川沿いの道に入った。こんな形で再び父親の墓に来ようとは思いもしなかった。片が付いたことだと言いながらも、父のことに向き合う時の私には、いつでも苦いものが湧く。正直に胸の底を覗いてみれば、あんな形で縁を切って、本当に良かったのかという思いが、暗く淀んでいるのが見える。それは私が死ぬまで消えないだろう。長男に道を指示しながら、私はその苦さを噛みしめる。吾妻川から離れて北の丘陵に向かう道に入る。里山の間の道は真夏の午後の日差しに焼かれて陽炎が立っている。目印にしているコンビニが見えてきた。父の墓のある墓地はその手前を左折して行くのだ。車を一時停めてもらって、妻が生花を売っているかどうか聞きに行く。店から出てきたマスク姿の妻が腕でバツを作った。

「仕方ないわ。野の花にしましょう」

妻が車に乗り込みながらそう言った。

父の墓のある墓地の近くには、かつて学校と校庭があった広場がある。桜の大木で囲まれた元の校庭の一部には、公民館や老人施設が建てられているが、今は誰もいないようだ。建物の裏手の駐車場に車を並べて停めた。目が覚めた子どもたちが、広い庭に飛び出していく。日は少し西に傾いているが、空気の暑さは変わらない。

「子どもたち、集まって」

妻が、手に持った野の花を見せながら子どもたちに言った。

「じいじのお父さんのお墓に飾るから、お花を摘んで頂戴」

「ええ？　今度はじいじのお父さん？」

「そうよ」

「いっぱいいいるんだなあ」

感心したように言ったのは航だ。

「それとねえ、ここにあるあざみという花にはトゲがあるから触らないでね」

「はあい」

みんなが広場の隅に咲いている名前も知らない野の花を集めだした。妻はペットボトルに水を汲んで来た。墓は道路を隔てた処にある。みんなで列になって歩く。父の墓石の前には比較的新しい生花が飾られていた。姉か妹かがお参りしたのかも知れない。

「じゃ、茎の長いお花はここに差して、あとはこうやって寝かせましょう」

黄色の野の花を差したペットボトルの花瓶を墓前に置いて、あとの小さな花々が墓石の周りに飾られた。みんなで交替で手を合わせた。早希と結衣のちっちゃな背中を見ながら私は、この二人がおとなになる頃、この国の人々の中の、戦争と平和をめぐる分断はどうなっているだろうと考えていた。激しい対立と憎悪と抗争を経ないと、この分断が埋められないとしたら、それは人間としてあまりにも悲しい。みんながお参りを終えて道路に出た後、私は墓石に向き合った。もう一度こうなるとは思わなかった。墓石の向こうに問う。あの戦争をめぐって、父と私はこんな形で絶縁したが、国民の分断も根は同じ処にあるのではないか。例えばである。この国が侵略戦争を始めた責任を認め、何ごとについても無かったことになどせず、加害責任を個人だけに押しつけず、あらゆる被害を補償するような姿勢を持っていたとしたら、両者は分かり合えただろうか……。もはや大昔のことだが。

先にお参りを終わった稜と航が、早希と結衣の持って来たシャボン玉を空に吹き上げた。風に乗ってシャボン玉は高く舞う。みんながそれを見上げた。そこには父の時代から続く青い空があった。

（『民主文学』二〇二一年一月号）

母の初恋

半年前に古稀を迎えた。「終活だ」「断捨離だ」などと、まだ心に落ちもしていない言葉を口にしながら、雑然とした我が家の整理をしていた時のことである。クローゼットに入れ込んだ書棚の上の奥から、紐で蓋を閉じたA４判ほどの黒い厚紙の封筒が出てきた。色褪せした、かなりの年季が入ったものである。書棚の上の空間には、整理できなかった写真を入れた箱だとか、手紙の束、編みかけの毛糸の入った紙袋とかが、読まなくなって横積みにした本の間に入っていた。その一番奥からその袋は出てきたのだ。前に片づけた段ボール箱や紙袋からこぼれ落ちたのかも知れない。片付けに疲れていた処だったので、黒いその袋を抱えて踏み台から降りた。

私は床に座り込んで、ボタンに巻き付けられた丈夫な糸をほどいた。中に入っていたのは古い新聞の短歌欄の切り抜きと茶封筒だった。封筒の中身を出して見た途端、それが母のメモ用紙だと分かった。母は長いこと看護婦をしており、廃棄する心電図の用紙を時どき持ち帰っていた。それを切って綴じて、短歌を作るためのメモや推敲の用紙にしていたのである。

めくってみるとやはり鉛筆書きの母の字で、一ページに一首当て短歌が書かれていた。何度も推敲したらしく、それぞれかなり加除訂正されている。その封筒の中の綴りにあったのは、母の死後、友人たちによって編まれた歌集では読んだ記憶のない歌ばかりだった。友人たちにも見せずに終わった作品なのかも知れない。読み進めていって私は次第に驚きにとらわれていった。

〝息凍る北京の街に訣れしを長距離電話に生きて告げくる〟

〝思ほえず泪となりぬ三十年『さがしたぞ』と告らす九州弁に〟

母が父と結婚し、私の姉を産んだのは天津の筈である。北京というのはそれ以前、見習い看護婦をしていた時代のことだと思われる。母の歌集を引っ張り出してきて、巻末の年譜を見た。それによれば、母は一九三九（昭和十四）年に十七歳で北京に渡っている。父親が病に倒れ、女学校進学を諦めて繊維工場に就職し、一念発起して看護婦を目指したと聞く。単身北京に渡り、そこの個人医で見習いとして働きながら看護婦免許を取得したのだ。その時代に母は、軍に動員されて、戦地から後送されてくる負傷兵の介護に当たったことがあると、私に語ったことがある。それを詠んだ歌がこの歌集に載っている。

〝トラックに重ね積まるるは荷にあらず、戦地ゆきたる将兵なりき〟

〝戦地より護送されし兵の創の蛆泣きつつひろひし夏のおもほゆ〟

〝呼ばえども応えなき兵の創うごめく蛆を哭きつつ洗いぬ〟

資格がないため、まだ看護まではいかなかったのだろう。兵隊の創の蛆を拾いながら泣いてしまうような、戦争の本当の悲惨も看護の過酷もまだ知らぬ時代に、母は北京にいたのである。

北京での生活は三年間、十六歳から十九歳までの青春の多感な時期だ。母のその北京時代の知り合いで、長距離電話を三十年ぶりに掛けてきた男性とは、一体誰なのだろう。

北京時代の、仮に十九歳頃のつきあいだとしたら、一九四二（昭和十七）年頃である。そこから三十年ぶりだとしたら、電話を受けたのは一九七二（昭和四十七）年頃ということになる。この時期、すでに私の父親は母や私たちを捨てて家を出て、別の女性と生活していた。そこに、どういう伝手で探したか分からないが、九州に住む男性が母の住んでいた群馬県まで、長距離電話を掛けてきたということのようなのだ。

私は面喰らったというか、大層驚いたのである。驚きつつ思い出したことがあった。父と別れた後、母が中学生の私に何かの拍子に語ったことである。

「お父ちゃんと結婚するずっと前に、おつきあいしていた人がいたんだよ。その人に連れられて、北京の陸軍の飛行場に行ったことがある。今お前が作っているような、日の丸をつけた飛行機がいっぱいいたよ。一人しか乗れない小さい飛行機だった」

そのように母は語ったのだ。その頃、プラモデルで戦闘機を作るのが私のブームだった。

「陸軍だったら隼だね、きっと」

そんなことを言った記憶がある。肉親の運命に関わる子どもの記憶力はすごいものだと我ながら思う。

心電図用紙に書かれたその次の一首は次のようなものだった。

〝老いづきし耳朶にひたひたと君の声三十年経て知る戦死の誤報〟

これによれば、若い母はこの男性の戦死の報をどこかで受け取っている筈だ。母が私の父親と結婚したのが、北京の別れから三年後の一九四五（昭和二十）年二月である。母が二十二歳の時のことだ。自分の父親だが、彼は女性に対して繊細な神経を持っていた人とはとても言えない。母が働いていた病院が、父の勤務する領事館警察の隣だったたのだそうで、あっちが痛いこっちがどうしたと言っては病院に来て、小児科の母の所に顔を出したそうだ。最初にプレゼントされた物は洗面器だったと、いつだったか母は笑って語っていた。父親は何事にも一途で、何より勉強家だということで結婚を決めたらしいが、それからの母の人生は文字通り茨の道だった。

次の一首は戦地を詠んでいる。

〝ビルマの戦今宵きくかも力尽き泥水に坐りていばりせしとや〟

この男性はビルマ戦線に派遣されていたようだ。どんな軍人だったのだろうか。恋人を、機密性を要求される飛行場に案内し、飛行機の目の前まで連れて行くなど、ただの兵隊にはできることではない。少なくとも古参の下士官、やっていることから考えると将校かも知れない。将校でありながら、泥水に座って排尿せざるを得ないような過酷な戦場にいたとすると、操縦士など航空機の乗員である可能性は低くなる。飛行場の部隊に配属されていた整備畑の人かも知れない。だが、そういう部署の将校が、看護婦見習いと知り合う可能性というのも、これはかなり考えにくい。とすると、相手は見習い看護婦を動員した陸軍病院の関係者、それも将校だとすれば、もしかすると軍医だったのかも知れない。軍医までが最前線に出て、疲労のために泥水の中で排尿するような状況があった。とすれば、それはインパール作戦の可能性が高いと思われる。一般の兵卒と比べて将校や下士官の生還率は高かったそうだ。歌に詠まれた程の過酷な状況から生きて還れたとすると、やはりその男性は軍医将校であったのかも知れない。

それでは母は、どこから「戦死の誤報」を受け取ったのだろうか。

悪名高きインパール作戦が壊滅的な状況になったのが一九四四（昭和十九）年の初夏、七月には正式に作戦の中止命令が出た。その頃の混乱の中で、戦死という誤った情報が内地に伝えられたとする。戦死の公報は家族にしか届けられない。仮にその頃に戦死公報が九州の男性の家に届いたとすると、それを家族の誰かがわざわざ母に伝えたか、あるいは母が手紙で家族に確かめて知らされたか、そのどちらかだ。とすると、家族にまで母の存在が知られていた程、もしかすれば家族も二人の関係を認めていた程、男性と母は深い仲だったということになる。そういう人が母の人生にいたということを、私は初めて知った。記憶の中の母が急に生き生きと動きだしたような感覚があった。

それでは、二人はいつ、どうやって別れたのだろう。「息凍る」とあるから、一九四二（昭和十七）年から翌年に掛けての冬の時期に、二人は北京で別れたのではないか。なぜなら母は、翌一九四三（昭和十七）年四月には、天津の病院に正式の看護婦として採用されているからである。つまり冬の北京の街で別れたとしたら、その直前、一九四二（昭和十七）年から翌年にかけての冬か、その一年前、太平洋戦争開始の一九四一（昭和十六）年から翌年、ということになる。後者だと、母はまだ十八歳であり、付き合いの期間も短すぎる気がするのである。

さらにここからは、何の裏付けもない単なる私の推測になるが、男性と母は将来を契っていたのではないだろうか。ということならば、北京で別れた後、戦死が知らされるまでのおよそ一年半の間、二人は手紙のやりとりをしている筈だ。そして最後に、天津の病院で母は彼の戦死の知らせを受け取った。母は、一時は絶望の淵に沈んだことだろう。一年経ち、二年経つ。何時までも亡くなった人のことを想い続けるわけにはいかない。ありきたりだが、若さが悲しみを乗り越えさせたのかも知れない。そして、新しい人生の可能性を、私の父親との結婚に見いだしたのではなかっただろうか。

〝過ぎし日の齢に君を顕たしめて少女の名にて呼ばれていたり〟

母の若い頃は、いくつか残った写真を見れば、小柄で笑顔の可愛い女性だった。能島登美子という名前だから、「とみちゃん」などという愛称で呼ばれていたのだろう。

さて、このような衝撃的な電話を受けた母は、その後どうしたのであろうか。

〝生きてあらば会ふこと叶ふと告らせども否否吾は逢わじと思う〟

もうこの時期、父親とは他人同然で、バスの中で会っても会釈だけするような関係だ。会いに行ってもいいのではないかと思うが、歌に現れていない事情があるのだろう。相手だって独り者である可能性は低い。会いになど決していかないと固く決心するが、どうしても心は動いてしまう。この切ない思いを誰に伝えられよう。

〝ふりむきてせむすべもなき古りし日を一日占めゐる生きし英霊〟

〝現実ともなき電話に哭きしわれ夜明くれば風に揉まれ家出づ〟

こうして悲しみをこらえてまた母は、上州の空っ風の中、病院勤めに出かけて行ったのであろう。経済的にはずっと楽をさせてやれなかった。母の年齢を幾つも越えて、そのことを悔やむ。

母はその後、酒酔い運転の若者の車にはねられて亡くなった。六十八歳だった。墓誌には「看護婦、歌人」と刻んだ。短歌は若い頃から勉強していたらしい。次の一首はその九州の男性を詠んだ歌である。

〝戦場の常の起居のポケットにわが詠みし紙片秘めもちしとぞ〟

あの時私に言ってくれればその男性と再会するように、強く勧めただろう。私はそう思いながら、ふと、目の前の母の歌集を手に取った。突然ある印象が湧く。確か「支那」の馬を詠んだ歌がこの歌集の中にあった筈だ。その歌だけ妙に印象に残っている。頁を繰ってみる。一首に目を吸い寄せられる。あった。男性からの電話を詠んだ時から数年後の歌である。

〝トカラ馬の悲しげなる目よ北支那に石臼めぐりし馬にかも似る〟

この題材の歌は、これ一首だけしかない。今ここで読み直してみれば、北「支那」の馬というのは、北京近郊での男性とのデートの時にでも見たのかも知れないと思える。その馬に似た悲しい目をしたトカラ馬を前にして、母はこの歌を詠んでいる。だが、だが、待てよ。トカラ馬って、九州の鹿児島にしかいないってどこかで読んだことがあるぞ。母は九州へ行ったのか？　トカラ馬の悲しそうな目って……。

母は男性に会いに行ったのではないか。きっとそうだ。母は九州に行ったのだ。そして、男性に会ったのに違いない。会ってどうだったのだろうか……そして、その時のことをこの一首しか詠まなかった……それはなぜ……。

その時私は、これ以上詮索しては母に済まない気がしてきた。そこは、息子といえども踏み込んではいけない領域のように感じられたのである。

人間の運命という言葉が胸に浮かんだ。母の初恋は、あの戦争で引き裂かれた幾千幾万の愛のひとつに違いなかった。それが三十数年後のこの時に、ひっそりと終わったのである。

私は歌集を閉じ、鉛筆書きのメモ用紙を揃えて元のようにしまった。この黒い封筒もメモも、やがて廃品となり燃やされる。しかし、戦争の悲惨だけは、自分が生きている限り語り継いでいこう。この時私は改めてそう強く思ったのである。

（『吾亦紅』二〇一九年第二六号）

八月の遺書

1

　東日本大震災と原発事故から、一年と五ヵ月近くが過ぎた八月初めだった。美樹の祖母が、群馬県の老人病院で亡くなった。赤ん坊の頃からずっと一緒に暮らし、可愛がってもらっていたので、永久の別れはことさら辛かった。葬儀の前後から、気持ちが塞ぐことが多くなった。鬱の入り口のような気がして、以来焦りを感じながら過ごしている。昨年の三月十一日以降の精神の状態も関係あるのだろうと思う。

　美樹はあの地震と津波と原発の爆発から、自分の魂の心棒のようなものが、頼りなく揺らいでしまっているような気がしている。自分と同じ日常を生きていた夥しい人々の命が、一瞬にして奪われる事態に茫然としたのが最初だった。そして、かくも凄まじい災害の起こる土地に生きていたのかという驚愕と、自分が安心しきって生活してきたのは、こんなにも嘘つきで国民を軽く扱う国だったのかという、これも驚きに近い憤りが、心の土台を不安定にしてしまっているようなのだった。そこに加えて最愛の祖母の死であった。

平澤美樹は三十五歳独身、消化器内科の医師として、都内の総合病院に勤務して五年目になる。昨年の三・一一から後、医療ボランティアとして、病院のバスを使って何度か被災地を訪れた。福島の放射線量の高い地域にも行った。今もまだ災害の真っ最中だと思う。それなのに昨年末、政府は原発事故の収束宣言を出した。恋人とテレビを見ていた美樹は、思わず「まさか……嘘でしょ、収束宣言ですって」と声に出した。美樹の恋人は、同期で同じ病院に入った同い年の荒畑誠二という整形外科医である。もう三年越しの付き合いだが、彼は美樹と違って保守的というか、達観しているというか、社会の出来事や政治の動きを、割と受容的に捉える傾向がある。その時も横にいて「ああ、やっと冷温停止したんだ」と言ってウイスキーのグラスを干したものだ。誠二はラガーマンで、時どきの休みにはボールを追って走り回る。自分の部屋などプライベート空間にいる時は、ひとことで言うとだらしなく、いい加減で、面倒くさがり屋である。試合のない休みは、ただごろごろして、楽しいことと美味しいことだけに反応するような怠惰な生活をする。ところが、病院での荒畑誠二は別人のように活動的で生き生きとしている。いつ時間をとるのか、勉強もよくしていて、手術の腕が良いと評判も高いのだ。最近は他県から誠二を訪ねてくる患者も多い。

誠二とはこのところ会う機会がなく、今の美樹の状況を聞いてもらうこともできていなかった。気持ちが不安定になっている美樹に、もう一つ重い課題が積み重なった。祖母は、美樹に大変な物を残して逝ったのだ。通夜の席で美樹は、母親から包装紙でラッピングされた小さな荷物を渡された。祖母がまだ元気な頃用意したものだと母は言った。

群馬の銘菓の包み紙だった。祖母はこういう紙を捨てずに取っておく人だった。包装紙は桜の花の封緘シールで閉じられ、中には箱のような物が入っている感触だった。お祖母ちゃんらしく、俳句でも認めてある別れの手紙に、図書券かハンカチか何かが添えてあるようなイメージがあった。家に帰ってから開くことにして、美樹はキャリーバッグに入れたのだった。その時には、この包みが自分をこんなにも混乱させる物だとは考えもしなかった。しかし、東京の自宅でそれを開けて以来、美樹は鬱々としていた自分の胸の底に、さらに重く複雑な縺れが沈殿してしまったような気分に囚われることになったのである。

美樹は二人姉妹だ。三つ違いの妹の多恵は、群馬で高校の数学教師をしている。教師同士で結婚し、もう子どももいる。美樹と多恵の両親は共働きだった。父親は大手の電気会社に勤務し、母親は小学校の教師をしていた。二人は同じ高校の卒業生で、大学卒業後結婚した。両親とも仕事に追われる毎日で、美樹たち姉妹は、一緒に住んでいた母方の祖父母に朝から晩まで面倒をみてもらった。両親に甘えた記憶はほとんどないが、祖父母には妹と競うように可愛がってもらっていた。

祖母の米寿の祝いは、自宅近くのレストランで開かれたが、その時はひ孫も含めて家族全員が集まった。その頃祖父母は、自宅を出て有料老人ホームに入っていた。昼間の二人だけの生活にも無理が見え始めたからだ。数ヵ月後、共に暮らしていた祖父が突然亡くなった。葬儀を終え、ホームの一人部屋に移った頃から、祖母も体調を崩すことが多くなった。肺炎を起こして、ホームと提携している病院に移ったのは三ヵ月ほど前、桜の散る頃だった。以来三回程見舞ったが、そのたびに割と元気そうだったので、ここひと月は行っていなかった。それが八月に入ったある日、急に容態が悪化し、連絡を受けた美樹が病院に着いた頃には、もう息を引き取っていたのだった。

祖母は話の上手な人で、いろいろな昔話から、祖母が子どもの頃のことまで、幼い美樹と多恵を抱きかかえて、よく話をしてくれた。祖母は祖父と結婚するまでは看護婦をしていたのだという。第二次大戦中は中国大陸にも行っていたらしいが、詳しい話は聞いたことがなかった。今ならキャリアがあるのにもったいないということにもなるのだろうが、連れ添った祖父が電力会社勤務で大変忙しかったため、戦後は主婦業に専念することになったということのようだ。

祖母が美樹に残した包みを開くと、中から古めかしい桐の箱が出てきた。見た瞬間、祖母の部屋にあった二竿の桐の箪笥を思い出した。同じ材質のようだった。懐かしかった。箱の紐をほどいて蓋を開けてみると、中に古びた白封筒の束と『消せない罪障』という題の書籍が入っていた。書籍には何枚か付箋が付いていて、表紙を開くとそこに「美樹様」と宛名書きされた比較的新しい封筒が挟まっていた。それが祖母からの手紙だった。

鉛筆書きの祖母の文字は、かつて毛筆習字を展覧会に出していた人のものとは思えぬほど、たどたどしいものだった。

「美樹ちゃん、どうも具合が良くなくて、明日入院させられることになりました。またここに帰ってくるつもりだけれど、私ももうじき九十四だから、いつお迎えが来ても不思議ではありません。実は、昔からずうっと気になっていることがあったのだけれど、おじいちゃんにも、誰にも話さずに今まで来ました。だけれど、あの世に行く日が近くなって、このまま誰にも言わずに逝っては、いろいろな人に申し訳が立たない気がしてきました。それで、今まで話さずにきたそのことを、苦しいけれども美樹には伝えておこうと思ったのです。知っておいてくれるだけでいいのです。皆さんに告白して、懺悔して、何らかの罪滅ぼしができないものか、ずっと考えてきましたが、私は奥泉先生と違って弱い人間で、何もすることができませんでした。美樹に真実を告げることだけしか、もう私にできることは残っていません。私の人生の恥ですから、不愉快になるかも知れませんが、私の最後の願いとして、聞いてください。美樹が、お母さんや多恵にも話した方がいいと思うなら、そうしても構いません。この箱に入れてある手紙と本を読んでもらえば、すべてが分かります。美樹は良いお医者さんになって、たくさんの人の命を救ってくださいね。かつて看護婦だった祖母より」

これは祖母の遺書に違いなかった。

（なぜ私に……）

その思いを拭い切れぬまま、美樹は古びた封筒の束を手に取った。封筒は一九五六（昭和三十一）年のものから古い順に束ねてあり、全部で五通あった。宛名は祖母の旧姓をかっこに入れて高嶋（加藤）孝子様、となっている。高嶋が祖父の姓だ。差出人はいずれも奥泉寛という人であった。最初の封筒に入っていた便箋には、戦後、奥泉という人が中国から帰国した時に、港まで迎えに出てくれたことへの礼から書き出されていた。奥泉という人は中国で捕虜となり、戦争犯罪者として裁判に掛けられていた軍の医師らしい。美樹は顔を上げて歴史年表を思い起こした。理系の人間なので、こういうのは苦手であった。原爆を落とされて終戦になったのが一九四五年で、年号で言うと二十五を引くから、昭和二十年ということになる。奥泉氏が帰国したのは、それから十一年も経ってからだ。そんな頃まで拘留が続くって、一体どんな罪を犯したのだろうか。それは祖母とどんな関わりがあるのだろうか。美樹は次第に息を呑むような思いになって先を読み進めていった。奥泉は山西省にあった陸軍病院の軍医だったという。色褪せた便箋に青インクで書かれた奥泉の文章は、美樹に驚くべき事実を突きつけていた。

「加藤君が、帰国した私に最初に言った言葉を覚えていますか。『なぜ先生はこんなに長く抑留されていたのですか』とあなたは言ったのです。私は、『あの病院で中国人の生体解剖をしただろう、君も一緒だったじゃないか』と申しました。そのときのあなたの驚愕ぶりで、私は加藤君という人は、本当に正直な人なんだなあと思いました。忘れていたんですね。それは加藤君だけではありません。あの時代に於いては、記憶に焼き付く程重要な事件じゃなかったんですね……」

奥泉の五通の手紙はどれも、自分たちと一緒に贖罪の活動をしませんかという誘いで閉じられていた。生体解剖と呼ばれる事件に関わった人間として、自分たちの罪を償う意味で、戦争の実態を知らせ平和を訴えようという趣旨のようだった。

生体解剖？　美樹自身、医師としての教育の過程で、献体などで医学部に提供された御遺体を、それこそ必死の思いで解剖して勉強した。しかし、生体解剖とは一体……。祖母が残した手紙と書籍を、美樹は明け方まで掛かってあらかた読み終えた。一九七七（昭和五十二）年生まれの美樹には、実感を以て受け止めるのは簡単ではない世界であった。しかしながら美樹にも、それが軍が召集した様ざまな診療科の医師たちに、外科手術の技能を短期間で身に付けさせるための、手っ取り早い実技訓練だということは理解できた。また、美樹には俄に信じられないことだったが、生体解剖にはもう一つの意味があったらしい。それは、新米の軍医や衛生兵や看護婦を、生きた人を解剖して殺める活動に参加させて、度胸をつけるということだったという。新兵に度胸をつけるために、生きた人間を銃剣で刺し殺させるのと同じだと書いてあった。美樹はここで「銃剣刺突」という言葉を初めて知った。

命を救う立場である筈の医師や看護婦たちが、敵の中国人捕虜の腹に銃弾を撃ち込み、その摘出手術の演習をしたって……まさか……麻酔も酸素も、強心剤や止血剤もなしで……美樹がすぐに信じられるようなことではなかった。また別の時には、祖母たち看護婦が、冗談を言い合いながら、中国人の健康な若い農民を「不痛、不痛（プートン、プートン）」などと怪しい中国語でなだめ、笑顔で麻酔注射をした……そして医師たちは自分の腕を上げるために、その生きた肉体を切り裂いて内蔵を摘出し、頭蓋骨を開いて脳の切片を採ったのだと……最後に衛生兵が、バラバラになったその骨肉片を裏庭に掘った穴に捨てに行った……。信じたくないことであり、簡単にイメージできる話ではなかった。

しかし美樹は、医師として解剖などの実地教育を受けていた。だから、その夜奥泉の本や手紙を読んで想像した解剖の光景は、自分なりの鮮やかな映像として脳裏に焼き付き、その後の勤務や会議の最中に、突然フラッシュバックして美樹を苦しめた。自分を抱いて慈しみ育ててくれた祖母のあの柔らかな手が、かつてその麻酔の注射器を握っていたというのか。あの穏やかな笑顔が、中国の若者の無惨な死を導いたというのか。美樹は、揺らぎそうになる自己を必死で統制しながら、多忙な勤務を続けた。

2

美樹はその週末、久しぶりにマンションの部屋に現れた荒畑誠二に、桐の箱の中身を見せて事情を話した。陥っている苦しみを聞いてもらって、現状から何とか抜け出したい思いもあったが、自身で何とかしたいという美樹なりの意地もあった。だから、不眠の対策で睡眠剤を服用し始めていることや、食欲がなく時どき嘔吐することなどは言わなかった。

「診察してる時や会議の時にね、突然その映像が浮かぶのよ。特に、バラバラの遺体を穴に捨てるって、私たち、嫌だけれどイメージが湧いちゃうでしょう。そんなこんなで、この処ずうっと、気持ちが不安定になってしまってるのよ」

美樹はキッチンから冷えたビールを運んで来ると、手紙や書籍に目を落としていた誠二に向かってそう言った。

「ふうん、そう言えばさ、被災地に行った後少し寝込んだだろう。あの時の気持ちの落ち込み、まだ引き摺ってるんじゃない？」

「うん、少しあるかも知れない」

誠二は、グラスに注がれたビールを喉を鳴らして飲むと、髭の濃い顎を手の甲で拭って言った。

「よくないなあ。睡眠はちゃんと取れてるのかい？」

「え？　ええ、まあ」

「それならいいけどさ。これ、少し読んだだけだけど、すげえ話だからなあ。美樹がショック受けるの、無理ないと思うよ」

「お祖母ちゃん、こんなの残して、私にどうして欲しかったのかって、それを考えちゃうのよね。その奥泉っていう人の関係者に会って、話を聞いてくれっていう訳じゃないしね。いろいろ考えちゃうのよ。関連する本を読んで、あの時代のことをいろいろ勉強しろ、っていうことなのかなあなんてね……」

「それは美樹らしいけど、真面目過ぎだよ。知っておいてくれるだけでいいって書いてあるじゃないか。これだけは言っておきたいっていう、お祖母ちゃん自身の気持ちの問題なんじゃないか。美樹がそんなことで悩んだら、お祖母ちゃん、これを残したことを、あの世で後悔するぜ。美樹を苦しめようなんて、お祖母ちゃん考える訳がないべ」

誠二は横浜生まれの横浜育ちで、都会っ子なのだが、機嫌のいい時など、わざと田舎っぽい言葉を使うことがある。有名私立医大の出身なのだが、在学中に父親を亡くして、経済的に大変な苦労したという話だ。地方の国立大を出た美樹となぜか妙に気が合う。

「それはそうだけど……」

「そうだろう。だからそんなに深刻に考えなくていいんじゃないか。もう七十年近くも前の戦争の時代の話だしさ」

誠二のいいところは、楽天的で深刻にならないことだ。みんなの長所を発見して本気で褒めるから、誠二のいる集団は明るくてみんな仲がいい。

「戦争ってのは人間を狂わせて、とんでもないことをさせる。それをさ、はるか後に生まれた現代人がほじくり返して、上から目線であぁだこうだと言うのは、ちょっとどうかなと、僕は思うな」

「ほじくり返すなんて気はないけど……知っておかなくてはならない過去って、あるんじゃないかなって……」

「あの時代のことを勉強するのはいいさ。だけど、美樹が知ろうとしているのは、お祖母ちゃんも書いているけど、昔の人の『恥』になるようなことだ。結果的に、それを暴くことになっちゃうべよ」

「『恥』か……」

美樹は彼の言い方に違和感を持ちながら、それが言葉としてまとまらなかった。

「僕の意見は、お墓参りだな。美樹がお墓の前で言ってやればいい。お祖母ちゃんが悪いんじゃないよ、戦争という狂気がさせたことなんだよって。だから安心してお休みなさいってさ。それ以外ないいんじゃないか。僕の意見はそういうことだ」

それだけ言うと、誠二は夕食の残りのキュウリの漬け物を口に放り込むと、横になって腕枕をして、付けっぱなしだったテレビの画面に目をやった。バラエティー番組で、スポーツが得意のタレントが、有名サッカー選手と的当て競争を始めるところだった。

面倒くさがりの誠二と話すと、いつもこんな感じになった。自分の考えで問題の解法を編み出して、それを一方的に告げて、一件落着みたいに話を終わる。話を聞いて欲しいというこちらの気持ちなど、ちっとも分かってくれない。

「私、お墓参りで全部解決するなんて思ってないから」

美樹はそう言って、テーブルの物をお盆に載せて立ち上がった。あのお祖母ちゃんが、あの優しいお祖母ちゃんが、若い頃そんなことをしていたなんて、誠二の言うように簡単に片付けられる問題じゃない。美樹はそう思って腹を立てた。誠二はちらっと美樹に視線を向けたが、何も言わずまたテレビの的当てゲームを見続けた。

その夜誠二は、深夜に自分のマンションへ帰って行った。明日ラグビーの試合があるのだ。駐車場から出て行く誠二の車のエンジン音を聞きながら、あいつはどうして他人の話を最後まで聞けないのかと、美樹はひどく腹を立てていた。今度会った時には、こちらも覚悟を決めて、もう一回厳しくそのことを言ってやることにしよう。そう決めた。ベッドに入って目を瞑ると、お祖母ちゃんと過ごした頃のことが思い出された。また気持ちが落ち込みそうになった。美樹は起き出して睡眠導入剤を服用してから眠りに就いた。

美樹は、翌週の仕事から早く帰れた日に、インターネットを使って、奥泉医師の関係団体や関連書籍について調べた。早くこの問題から抜け出したかった。奥泉医師自身も数年前に亡くなっており、直接の関係者はもうほとんど鬼籍に入っているようだった。奥泉医師が活動していた団体も、十年も前にすでに解散している。美樹はその団体の機関誌のバックナンバーのいくつかと、書籍を数冊注文することにした。その手続きをしながら、今後のことを考えていた。今美樹がしたいと思っていることは、祖母が残した手紙や奥泉の書籍に書かれた事実の再確認などではない。美樹のような戦後生まれの、戦中の出来事に何の責任もない人間が、当事者の孫だというだけで、生体解剖などというおぞましい事実に関わらなくてはならないのか。それとも誠二が言うように、昔々あったこととして知っておけばいいものなのか、なのだ。その結論次第では、美樹はこのような鬱屈した精神状況から一歩抜け出られそうにも感じる。

数日前から美樹は、今回の事についてある人と話をしてみたいと思うようになっていた。その人が歴史や戦争に詳しいなどという訳ではない。どんなことを考えているのかさえも知らない。ただ、その人が自分と世代の近そうな中国人女性だというだけなのだ。彼女は同じ病院の産婦人科の医師だ。もの凄く優秀な中国人の女医が入って来たという話は、随分前に聞いていたのだが、実際に会って話をしたのはこの一月になってからだ。右腹の痛みを訴える妊婦がいて、虫垂炎ではないかと美樹を産科病棟に呼んだのがその女医だった。患者は彼女の見立て通りの虫垂炎で、ただちに消化器外科に回して無事に手術を終えた。その過程で何度か会話をしたのだが、物静かで知的で魅力的な女性だった。名札には張淑敏と書かれていた。その時美樹は、機会があったらこういう人とゆっくり話をしてみたいものだと思った。そのことが記憶にあったのだ。今自分が抱えている問題を、被害者側の中国人である張医師ならどう捉えるのだろう。たとえ祖母の問題と直接関わらなくても、戦争の時代の両国の問題の考え方に関して、何か示唆を与えてくれるかも知れなかった。産婦人科は、美樹たちの勤務する本館とは別の棟にあるのだが、本館七階のレストランで彼女を時どき見かけることがある。美樹は今度会った時に声を掛けてみることにした。

3

美樹はそれからも、気鬱のような状態を抱えたまま、仕事の波に翻弄される多忙な日々を積み重ねていた。荒畑誠二と美樹が、祖母の遺書のことと二人の付き合い方についての話し合ったのは、八月も終わる頃だった。誠二はどちらかのマンションにしようと言ったのだが、美樹は何度か行ったことのある、お堀端のレストランを主張して譲らなかった。駅にも近く、駐車場もあり、落ち着いていて話もしやすい場所だった。情に流されず冷静に話し合うには、双方の住まいでない方が望ましい。そう思ったのだ。赤ワインのグラスを合わせて、美樹から話し出した。

「私あれから随分考えたの。祖母の遺書のことね。あなたが言うように、お墓参りして済ませられるような問題じゃないと思うの。私たち姉妹をあんなに慈しんでくれた、かけがえのない人が、どうしてああいう……」

「まだそのことに引っかかってるのか」

「まだって、そんな簡単なことだと思ってたの？　私にとっては大切な祖母の人生の問題なのよ。お祖母ちゃん、ずっと誰にも話さずに苦しんでいたんだわ。私は何も気付いてあげられなかった。だから私は、そのことをいい加減にはできないのよ」

「ああ、まあそうエキサイトしないで。じゃ、美樹はどうしたいんだ。僕は何もそれを妨害しようなんて、一切思っていない」

どうしたいかと言われても、美樹には自分が何をどうしたいのかが見えないのだ。だから苦しんでいるのに、それさえも分かってくれない。

「あなたはいつも、私が考えや気持ちを全部出せないうちに、これが問題の本質、解決法はこれ、結論はこれって……そんなの対話じゃないわ。私はあなたのように頭の回転は早くない。だけどあなたに何でも解決してもらいたいとなんか思わないわ」

「僕はそういう話し方をしてるか……自分じゃそんなこと、思ってみたこともないんだが……」

「お墓参りに行けば解決って言ったのもそうでしょう?」

「解決っていうか……それしかないと……」

「それで私の気持ちが落ち着くと思ったのだとしたら、あなたは私のこと何も分かっていなかったってことね」

「おいおい、ちょっと待てよ」

「私たち、しばらくの間、少し距離を置きましょう。これは私の問題なんだけど、おつきあいし始めて三年、二人の関係が精神的にこんなに負担に感じられるのは初めて。この処の鬱屈がこれ以上続くとちょっとやばい感じなの。分かってよ。少し一人になりたい」

それから二人は黙って食事を済ませ、美樹は電車で帰ることにし、車で来ていた誠二は運転代行を呼んだ。誠二も何か憤懣やるかたないといった表情だった。二人はレストランの前であっさりと別れた。駅に向かう美樹は疲労感に包まれていた。心の葛藤の一つにけりがついた筈なのに、気持ちの重さは変わらなかった。

張先生とはなかなか出会う機会がなかった。時に本館の廊下ですれ違うことがあるものの、お互いに連れ立つ人たちと話していることが多く、目の隅で見るだけで、会釈すらできない場合がほとんどだった。その機会が巡ってきたのは、九月も半ばを過ぎたある雨上がりの夕方であった。土曜の午後の定例研究会を終えた美樹が、駅と病院を結ぶシャトルバスを待っていると、空模様をうかがうようにして玄関を出て来たグレイのレインコートの女性がいた。それが張先生だった。

「ああ張先生、お疲れ様。私、内科の……」

「平澤先生、でしたわね。いつぞやはお世話になりました」

流暢な日本語である。張先生とシャトルバスで会うのは初めてだった。聞いてみると、いつもは自転車通勤で、多少の雨なら合羽を着て来るのだが、今日は雨脚が強かったのでバスにしたとのことだった。ヘルメットを被り、本格的なロードバイクで通勤しているらしい。二人はバスの最後部のシートに腰掛けた。座りやすい前方のシートは「患者様最優先」ということになっている。美樹は多少緊張しながら話しかけた。

「張先生、実は前から先生に少しお話を伺いたいと思っていたのです」

「え、私にですか？」

「はい、こんな処でぶしつけなお願いですが、いつかお時間を取っていただけませんか？」

「はい、それは構いませんが、どんなことでしょう」

その質問に、美樹が即答できないのを瞬間的に見て取ったらしく、張先生はすぐに言葉を継いだ。

「私で分かることだったらいいのですが……そうですねえ。今日これからはいかがですか？　私の予定は空いています。もしもあなたがよろしければ、駅の近くのお店で、食事でもしながらお話しする、いかがですか」

言い回しが時どき妙な感じになることがあるが、アクセントなどは日本人と変わらない。この申し出は、美樹にとっては願ってもないことだった。以前だったら、土曜日の夜は誠二と過ごすことが多かった。しかし、ここしばらくは連絡も取っていない。

「はい、私も予定がありません。そうしていただければ嬉しいです。じゃ、急で申し訳ありませんが、おつきあいをお願いします」

二人は駅ビルに入っているレストラン街の、一軒の和食の店ののれんをくぐった。店内は個室風に仕切られ、夜はお酒がメインになるようだった。

「お飲み物、何か召し上がります？」

席に落ち着いた処で美樹が言うと、張先生はいたずらっぽく笑って言った。

「アルコールは大丈夫ですか？　なら『とりあえずビール』でもいただきましょうか」

「え、はい」

美樹は張先生のジョークに笑いを堪えながら応えた。ユーモア感覚のある人で安心した。美樹はこのところ、家で一人で飲むことが多い。ひどい気鬱の日は飲み過ぎることもある。

注文したビールが届くまで、話題は張先生の名前のことになった。美樹が漢字を覚えていて尋ねたのだ。張淑敏はチャンシュミンと読むという。「おしとやか」で「さとい」という意味かと美樹が聞くと、「そうらしいけれど、それ誰のことですか」と冗談で応えた。笑顔が素敵だった。乾杯して、料理の注文を済ませると、張先生が口火を切った。

「で、お話ってどんなことでしょう」

「はい、実はこの八月に私の祖母が亡くなりまして……」

美樹は、ここしばらく心に懸かっていた祖母の遺書の話を、少しずつ話していった。張先生は表情を変えずに、時どき箸を使いながら聞いていたが、生体解剖という言葉が美樹の口から発せられた瞬間、手の動きが止まった。

「ここ、お分かりになりましたか？」

不安になって美樹が尋ねた。

「ええ、ヴィヴァセクションですね。分かります。そのこと、聞いたこともあります」

生体解剖などという言葉は、病院でさえ日常的に使わない。張先生はその語の意味を英語で確認した。美樹がその先を話し続けていくと、張先生は箸を置き、次第に真剣な表情になっていった。そして美樹が話し終わると、それを待っていたかのように口を開いた。

「私は中国の大学で医学を学んだ後、日本に来て日本の大学で再び医学を学びました。そしてあの病院に勤務し、研究もし、永住権も持つことができました。ですから、この国には恩義があります」

話を聞いてみると、張先生は美樹よりも随分年上のようだ。

「あの戦争に関する話題を、私はなるべく避けています。日本を悪く言うことになるかも知れないからです。でも平澤先生相手では避けられませんね。ですが、これは二人の間だけの話として留めてください」

そう言って張先生は複雑な笑みを浮かべた。

「ええ、もちろんここでの先生のお話は、私の胸の中だけに収めておきます」

張先生は大きく二度頷くと、ゆっくりと話し始めた。

「日中戦争の時の話ですね。私たちの国では抗日戦争と言いますが、日本人の捉え方と中国人の捉え方、少し違います。中国ではあの戦争の後、激しい内戦がありました。その後にはあの文化大革命です。それぞれにたくさんの悲劇があり、大勢の人が亡くなりました。ですから、今の平澤先生のお話は、一般の中国人にとっては、少し遠い、歴史上の問題と感じると思います。もちろん被害者の遺族には存命な方もいるでしょうから、彼らにしてみれば、今現在に直接繋がる問題ですが」

話しぶりからすると、張先生は、奥泉が関わるこの事件について、どの程度かは分からないが、知識は持っているようだった。

「私があの戦争について、平澤先生に申し上げられることは、一つの問い以外にないように思います」

そう言って張先生は話を区切り、やや眉を寄せて何かを憂えるような表情を浮かべた。

「それは、日本人はあの戦争での、他国の犠牲者のために悲しんだか、ということです。日本人は、中国や朝鮮や東南アジア諸国の、無念に命を奪われた死者たちを悼んで、涙を流したことがあるか。そういう問いです」

美樹は最初、質問の意味が取れなかった。戦争で犠牲になった他国の人々を悼む……そんなこと、考えたこともなかった。戦争の犠牲者と言われれば、ヒロシマ・ナガサキの原爆と沖縄と東京大空襲の、写真でみた悲惨な人々の姿だった。あっ、そう言われればあった、南京大虐殺の写真……そう思った時には、張先生はもう次の話を初めていた。

「日本人は、八月になると、国民的規模で、原爆や空襲でなくなった人々の死を悼み、海外や国内で戦死した日本軍兵士の死を悼みます。それはある意味、国家的に喪に服しているということもできます。では、日本が起こした戦争によって犠牲になった、他の国の大勢の人々への追悼って、この国で話題になることがあったでしょうか？」

話を切って張先生は美樹の目を見つめた。

「はい、あ、いいえ、私の知る限りでですが、そうしたことがマスコミで話題になったことはないと思います」

張先生は一休みするかのように、美樹のグラスにビールを注いだ。美樹がそのボトルを取って張先生のグラスを満たすと、そこに口を付けてから、彼女はまた話し出した。

「ナチスドイツもひどい犯罪行為を犯しました。しかしドイツは、日本のように、あの時代のことで、近隣の国から繰り返し繰り返し抗議を受けたり、裁判を起こされたりはしていませんよね。それはなぜでしょう。平澤先生はなぜだと思われますか？」

「ううん、私にはとても難しい質問です。それは、日本人が他国の戦争犠牲者のために悲しんだか、涙を流したかどうかということと関係があるのですね」

「ええ、そういうふうに私は思います」

目の前の料理は少しも減っていなかった。美樹は立ち上がって、張先生の小皿に料理を取り分けて勧めた。

「どうぞ、少し召し上がってください」

「ああ、済みません」

張先生と美樹は、二人ともしばらく黙って箸を動かした。やがて張先生がナプキンで口を拭って再び話し出した。

「日本の人たち、個人的にはとてもいい人たちばかりです。優しくて穏やかで、思いやりがあって、みんなで助け合えて、いろいろなサービスが行き届いて……でもこの国を一歩出て、外側から見たらどうでしょう。戦争で犠牲となった、あるいは植民地にされて苦しんだ、他の国の生存者や遺族たちから見たらどうでしょう。そういうヴューポイントが、今日本の良識ある人に求められているのではないか、そう私は思います」

張先生のグラスが空になっているのに気付いて、美樹はボトルからビールを注いだ。

「ありがとう。でももう私の話は、これでおしまいですよ。お役に立てましたか」

医師としての能力も高く、日本語と、おそらく英語も自在に操り、歴史問題にも造詣が深い、一体この女性はどんな勉強をしてきたのかと、美樹は驚きを持って、その切れ長の目を見つめたのだった。

4

誠二からは、あれから何度も電話やメールが来ていたが、美樹はひとつも受けず、返信もしていなかった。メールも開かなかった。ずっと腹を立てていたのと、少し怖くもあった。最後の夜のレストランで別れた時の彼の怒りの表情が、脳裏に焼き付いているのだ。暦は十月に入っていた。ある土曜日の夕方、七階のレストランでばったり誠二と出会った。軽く会釈だけして、美樹は西側の窓際のテーブルにサンドイッチを載せたトレーを運んだ。窓の外は見事な夕焼け空だった。夏の間は西日が酷いのでカーテンが引かれっぱなしだったが、秋になって外が見られるようになったのだ。西の秩父の山並みが遠く見えている。少しすると、誠二が当然のような顔をして美樹のテーブルにトレーを置き、前の椅子に腰かけた。

「すごくいい夕焼けだね」

「そうね」

「しばらくだったね。元気かい」

「ええ、まあ」

こういう処では静かに話すしかないということを計算して、何か言おうと同席してきたのかと最初は警戒した。しかし、そうではないようだった。誠二はカツ丼とそばの定食を、半分ほどかき込んでから言った。

「あの一件どうなってる？」

「何のこと？」

「お祖母ちゃんの遺書のことさ」

関係ないでしょうと言いかけたが、誠二の穏やかな視線を見て止めた。

「いろいろ知識のある人に意見を聞いたりして、少しずつ前進してるわ」

「そうか。僕の方だけどね、美樹は知ってるかな、僕の処に佐藤というK大出身の人がいるんだ。二、三日前に飲んだ時、奥泉医師の話をしたんだけれど、そのことは知っていてさ、逆に驚くようなことを教えてくれた」

美樹は「僕の方だけど」という、まるで任務分担したかのような言い方がおかしかった。突っ張っていた気持がほぐれて、少し明るい気分が湧いた。

「私、その先生とは面識はないけれど、どんな話だったの？」

「それがさ、僕も詳しく知ってるとは言えないんだけれど、例の満州にあった七三一部隊だよ。美樹も知ってるだろう？」

美樹も学生時代に、勧められてその関係のＤＶＤを借りて観たことがあった。満州に置かれていた日本軍の細菌戦部隊で、軍医が中心になって残酷な人体実験をおこなっていたことで知られている。美樹がそう答えると、誠二は先を続けた。

「その創設者がK大学医学部出身で、七三一部隊には多くのK大医学部卒業生が関わったらしい。七三一部隊とK大学医学部は切っても切れない深い関係だという話だ。それで、まだ噂のレベルだっていうんだけど、その部隊に所属していた軍医たちにだよ、戦後になってK大が学位を授与していたんじゃないかっていう話なんだ。人体実験をやってた軍医にだぜ」

「K大学はそのことを明らかにしているの?」

「僕も聞いたのさ、そのこと。そしたら、大学当局はその関係のことについては、未だに一切沈黙を貫いているんだそうだ」

この時代になってもまだそんなことがあるのかという驚きで、美樹は何も言えなかった。しかも有名なK大学医学部なのだ。

「聞いたら、そういう部隊に関わっていた医者も、戦後はみんな普通の病院で当たり前のように診療に携わるようになったんだそうだ。僕はそこまでは知らなかった。本当だとしたら、奥泉医師やお祖母ちゃんのレベルじゃないよね」

その時美樹は、奥泉の手紙の一節を思い出していた。

(北支那方面軍全体では、おそらく何千にものぼる生体解剖がおこなわれたでしょう。

そして、関与した軍医、衛生兵、看護婦は何千何万を数えることか）
捕虜にならずに帰国した、その何千何万という関係者は、そのまま戦後の日本の医療制度の中に溶け込んでいったというのだろうか。そういう人たちは、日本軍全体では一体どれ位いるのか。美樹は初めてそのことに思い当たった。背筋が寒くなる思いだった。

「君のお祖母ちゃんの遺書のお陰で、日本の医療の裏の歴史を垣間見ることができた。こんなのは、ほんの一部なんだろうけどね」

そう言って誠二は腕時計を見た。

「おっ、やばい。これから研究会なんだ。じゃまたね。もう、電話してもいいよね？」

誠二は右手を受話器の形にして笑顔でそう言った。この笑顔には負ける。美樹は反射的に頷いてしまった。誠二は返却カウンターに二人分のトレーを返すと、白衣をひらめかせて廊下に出て行った。

家に帰ってパソコンを開くと、先日アドレスを交換し合った張淑敏先生からメールが届いていた。

（先日はお話できてよかったです。私の知り合いから、めずらしい内容のシンポジウムのお知らせが届きました。私は行かれないのですが、平澤先生にはご興味があるではないかと思います。添付しておきますね。あのお店、安くて美味しかったですね。また誘ってください。ではまた。心身共にお大事に）

気持ちが時どき不安定になることを、別れぎわに張先生に話したので心配してくれているのだ。それを伝えてもいい位、これからも深いおつきあいできる人だと思ったのだ。

添付ファイルを開くと、スキャナーで読み込んだらしいチラシが現れた。国際シンポジウムの案内だ。テーマは「戦争と医の倫理―ドイツと日本の検証史の比較」で、ドイツ人の医師ティル・バスチアンという人と、医学者の刈田という元東北大学教授が報告をおこなう。その他著名な医学者数人が登壇するイベントだ。会場は京都のＫ大学の百周年記念ホールだとある。先程誠二から聞いたばかりのＫ大学ではないか。見た瞬間、美樹は参加を決意した。問題は開催日時だ。シンポは十一月中旬の土曜日である。何とか休みをもらうことはできそうだ。そしてＫ大学構内でパネル展示が数日間おこなわれているので、翌日の日曜日はそれを見てから帰って来よう。そう決めた。きっと何か目を開かれることに出合える。

美樹は思いついて、自分のこの計画を詳しく書いて、一緒に参加しないかという誘いかけのメールを、チラシも添付して誠二のパソコンに送った。美樹の気持ちが久しぶりに明るくなっていた。気鬱がどこかに飛んで行ってしまったようだった。その夜と翌日一杯、美樹は穏やかな気分で過ごすことができた。

誠二からの返事は、翌日の夜遅くの電話であった。少し飲んでいるようだった。

「例のシンポジウムだけど、その日は定例の研究会もあってさ。美樹はやっぱり行くのかい？　僕はちょっと考えちゃうんだよな。わざわざ出掛けて行かなくてもさ、後でネットか何かで読んだらどうなのさ。それに、その関係の話に関わるのを『タブー』にしている処も、結構多いらしいよ。面倒なことにならないとも限らないだろう。自分の専門を大事にするって意味では、少し考えた方がいいかな、なんてことも思ってさ」

予想もしなかった誠二の言葉に、美樹は苛立った。

「あなた飲んでるでしょう？　一体何が言いたいの？」

「いや、ただね、美樹は誰に誘われたか知らないけど、そういう場所に行くとさ、必ずと言っていい程、社会変革系や政治活動系の団体に誘われるものなんだよな。もしも、そういう分野で自分の能力と時間を使うようになれば、専門がおろそかになる。だから……」

美樹は誠二に終わりまで言わせなかった。

「分かりました。どうぞ専門を大事になさってください。家でごろごろして、テレビを見てビールでも召し上がっていてください」

そう言って美樹は携帯の通話を切った。悔しかったが涙も出なかった。そと面ばかりよくて、私にはいつもそうやって理屈をこねて干渉する。許せないと思った。面倒臭いなら正直にそう言えばいい。それから何度も携帯の呼び出しが鳴るので、美樹は電源を落としてしまった。

京都はその日冷たい雨が降っていた。会場のあるキャンパスには、学生時代に一度訪れたことがあるので、道には迷わなかった。シンポジウムは午後三時から始まった。ドイツ人バスチアン医師は体調不良のため、ドイツからインターネットテレビでの参加となった。美樹は学生時代にドイツ語の講義を取ってはいたが、同時通訳の女性に大いに助けられた。知らないことばかりだった。ドイツの医学界では、七十数年の沈黙を破り、精神医学会やドイツ医師会が、医師によって死に追いやられた、知的障害者や精神病者を含む犠牲者に謝罪したということが報告された。医師会はさらに、過去の行為の検証を進めていくことをも決議したという。日本ではどうか。刈田元教授によれば、戦後、七三一部隊など戦時中の医学犯罪は免責され、関係者は医学界の指導的地位に就き、反省や検証も行われてこなかったという。誠二の言った「タブー」ということを裏付ける話だと思った。参加者も加わった討論では、看護婦の医療犯罪への加担の議論の処で、あの奥泉医師の名前が出た。大変驚いた。美樹の祖母の話そのものだったのだ。国際的なレベルの問題なのだ。衝撃だった。討論の終了間際に、美樹はレジュメの二つの文章を赤線で太く囲った。

(医学犯罪の検証を行なうことは、若い人たちを過去の犯罪から解放すること)

医学界全体で検証が行われていれば、祖母の苦しみはなかったのだろうか。よく分からないが、過去を隠す苦悩からだけは解放されたのではないか。美樹自身は今よりもっとずっと冷静に、楽になれたような気がする。

(ベルリン医師会はその過去の重責を負う、我々は悲しみと恥を感じている)

これは張先生の言ったことと関わっている。自分たちが起こした戦争で犠牲となった他国の人々のために、加害の側の者が悲しんだか、涙を流したかということだ。ドイツ医学界は七十年後にそれを始めたのだ。そのことを確認しながら美樹はレジュメを閉じた。

主催者挨拶が終わった。美樹は荷物をまとめながら、やはり思い切って来て良かったと思った。誠二のことが頭をかすめたが、もうどうにも仕方ないと感じた。美樹はここに来て初めて、祖母が自分に遺書を残した意味が分かった気がしていた。やっとのことでそこに辿り着いた思いだった。祖母は、美樹が医師だからこそあの遺書を残したのだ。この国に生きる医師の課題として、日本の医療に携わる人間の課題として、決してなかったことにしてはならない戦時の医療犯罪の問題がある。医学界として検証し謝罪しなくてはならないのだ。どこまでできるか分からない。だが、それを推し進めている医師たちの集団がここにあった。それに出会えた。美樹には、祖母が自分をここまで導いてきたような感覚があった。やっと心の中の重い縺れがひとつほどけたように感じた。

美樹はその夜、宿泊するホテルのレストランで夕食を摂った。食後、コーヒーを飲みながら、ぼんやりと表の通りをながめた。疲れたけれど充実感があった。七十年も前の戦争が、これほど現代に繋がっていて強い影響を残しているということが衝撃だった。三・一一の後、こんなに国民に隠し事をし、偽りを言うような国に、安心しきって、身を任せきって生活していたことに驚愕したが、それは私自身が無知だったということなのだ。戦争の時代の遺物が、この国のそこここにある。医学界だけではない。この国のあちこちにあの戦時の体質が、慣習が残っているのではないか。その中で祖母は葛藤しながら生きた。奥泉のように、総てをあからさまにして謝罪する道を選ぶことはできなかったけれど、良心の呵責にずっと耐えてきたのだ。穏やかな祖母の笑顔が脳裏に浮かぶ。ここにきて美樹はひとつのことに気付いた。夢中になって祖母の過去を追ってはきたけれど、自分の中にいる祖母は、以前のイメージと全く変わっていない。頭では理解しているのだが、笑いながら麻酔注射をした看護婦と、あの優しかったお祖母ちゃんがどうしても重ならないのだ。二つは全く別の世界の話のように感じられる。張先生の言った、犠牲にされた人のために悲しむことなど、今の美樹にはとてもできそうもない。その人たちの死を追悼しようとしても、それは上っ面の偽りのものになってしまうと思う。もっと美樹自身が変わっていかなければ本物にはならない。もしかすると自分は、このことをずっと背負って生きていかなくてはならないのかも知れない。祖母の人生を背負って……。そんなことができるのか。

そこまで考えた時に携帯にメールが入った。送信者を見ると誠二だった。読むだけ読もうとメールを開くと、予想もしていないことが書かれていた。

（今、京都駅。そちらに電話を掛けるので出て欲しい。話をしたい）

京都まで来ているって……呆れた気持と煩わしさに懐かしさが入り混じった。すぐに携帯に着信があった。

「いろいろ考えて、一緒に参加することにした。今日のシンポは仕事で無理だったけど、明日は一緒に企画展に行く。いいだろ」

あの面倒臭がり屋が、仕事を終えて荷物を作って新幹線で飛んできたのだ。断る訳にはいかない。

「いいけど。今夜はどうするの？」

「美樹はどこのホテル？」

「第一Ｋホテル」

「了解、じゃまた連絡する」

美樹は時計を見た。まだ八時過ぎだ。誠二に今日のシンポで感じたことや、自分が今考えていたことを話すには十分な時間がある。今度ばかりはじっくり聞いてくれそうな予感があった。美樹の気持ちがまた少し軽くなった。


（『民主文学』二〇一九年一一月号）

解説

原田敬一（日本近現代史・佛教大学名誉教授）

能島龍三『八月の遺書』は八編からなり、日中全面戦争の始まった一九三七年頃を起点とし、一九四五年の敗戦、戦災孤児や闇市の敗戦直後までの様相を縦軸に、それらを必死で受けとめようとする人々の思い、感情、もつれを横軸に編まれている。どんな戦争のどのようなことに焦点を当てているのか、少しだけ解いてみよう。

一九三一年九月一八日夜に、南満洲鉄道（日露戦後から日本が経営）の線路が爆破され、それは中国軍の仕業だと、関東軍は発表した。柳条湖事件といわれるものだが、実は関東軍の仕掛けた陰謀だった。このことは敗戦後の一九四六年に極東軍事裁判（東京裁判）で明らかにされるまで、国民には隠されていた。これをきっかけに、日本軍は中国東北部（満洲と呼んでいた）を占領し、勢力を拡大して、一九三二年満洲国を建国させた。関東軍の軍事力による傀儡政権だった。日本軍は満洲国の工業化、日本人による満洲移民の農業開発（実際は中国人農民を追い出しての日本人開拓団進出だった）を進める一方、空爆を含む軍事行動で、中華民国との実質的境界線である万里の長城ラインに迫っていった。

中華民国政府は、経済力を強化するために、通貨の統一（銀本位制を金本位制に変更することなど）を米英の保証の下に進めていった。これが実現すると中華民国の経済発展が期待されるが、日本の望まない成果だった。中国各地で暗躍していた陸軍の特務機関（情報機関）は、いずれもこの実現は日本にとってよくないと意見具申していた。その最中の一九三七年七月七日、北京郊外の盧溝橋で日本軍と中国軍の衝突が始まった。盧溝橋事件である。いったんは休戦協定が現地でまとまるが、すぐに壊れ、全面戦争に入っていった。日本政府は、当初〈北支事変〉と、次いで〈支那事変〉と称し、暴れる中国を懲らしめるのだとして〈暴支膺懲〉をスローガンとし、〈戦争〉とは名づけなかった。現代の歴史学界は〈日中戦争〉と呼んでいる。日本は戦争を続けるだけではなく、「中支那開発株式会社」など国策会社を設立し、日本主導の経済開発を同時に進めていった。また蒙彊地方ではアヘンの密売によって日本軍の軍資金獲得も進めた（江口圭一『日中アヘン戦争』岩波新書、一九八八年）。戦争と経済の両輪による侵略が進められ、中国全土で抵抗運動が進められることになった。

「永訣のかたち」に登場する高山八十吉は、一八歳で日中戦争に参戦し、満洲国国境の北西にあたる内蒙古の包頭まで進出している。中華民国軍は、中国共産党軍とも戦っていたが、一九三九年一二月から翌年二月にかけて、中国全土で反撃を展開した。冬季攻勢と呼ばれるもので、日本軍は苦戦に陥った。騎兵第十三連隊の敗走や騎兵第十四連隊の連隊長戦死など大きな打撃を受けた。そのため守勢に入っていた日本軍は、さらに内陸へ向かっての作戦を余儀なくされ、補給路や守備線などが広がっていった。高山八十吉はこれらの苦戦を乗り越え、除隊後天津の領事館警察官となった。大陸での戦争に参加した兵士たちが、新たな働き場として再度朝鮮や中国へ向かうのは、日清戦争以来増えていった。〈外地〉の誕生である。

「分断の系譜」に登場する〈父〉も、日中戦争に従軍したと描かれている。看護婦との結婚など「永訣のかたち」の内容と似通っているので、高山八十吉の別の姿と考えられる。〈父〉が捕虜を斬首し、機関銃で射殺したことなど、じっさいの体験だろう。南京大虐殺事件は、執拗に否定する人たちが一九八〇年代から現れ、「碧落の風に」に登場する黒田海軍主計中尉もその一人と描かれる。自らの体験もない黒田が、そんなことはあるわけないと山本を押さえようとするのに対し、体験を持って反論する山本は、下士官（伍長）として南京大虐殺を実行した。京都に司令部を置く第十六師団の兵士だっただろうか。

「母の初恋」の〈母〉は、最初に就職した繊維工場の女工には飽き足らず、北京で看護婦への道を歩み始める。事情は不明だが、〈外地〉での転身を図る日本人は少なくなかった。朝鮮の京城帝国大学や台湾の台北帝国大学、満洲国の満洲医科大学などの高等教育機関への進学や、上海や青島の紡績工場の幹部社員など、日本の侵略戦争の推移とともに、〈外地〉での日本人の活躍の場は多数あった。それらが長年にわたる大陸への侵略行動を侵略と捉えず、経済活動や教育の枠だけで捉え、痛みを感じない国民が形づくられていったことにつながった。「八月の遺書」での、張淑敏医師の問い、「日本人はあの戦争での、他国の犠牲者のために悲しんだか」は戦後日本への問題の投げかけであるが、それは戦前日本に投じても、同じ重みをもっている。戦前日本社会でも、この問いに「同じように悲しんでいる」と答えられる人々は、「対支非干渉運動全国同盟」や日本共産党など反戦運動を展開した組織以外にもいただろう。しかし、国家としては、靖国神社による日本人の追悼にとどまり、アジアの人々への尊厳を表明することはなかった。戦後日本は、言葉としてはアジアと世界へ追悼の言葉を発するが、靖国神社への閣僚参拝が執拗に続けられるなど、二重基準で糊塗している。

一九三七年に始まった日中戦争は四年たっても終わらなかった。それを打開するために賭けに出たのが一九四一年一二月に始まる第二次世界大戦への日本参戦（アジア太平洋戦争）である。真珠湾奇襲や東南アジアの占領を進めた後、一九四二年後半期には日本は劣勢となった。同年六月のミッドウェー海戦で主力空母を一挙に失い、一九四三年以降は制空権も制海権も失っていった。南方戦線に送り込まれる兵士たちは、戦線に到着することもなく、海の中に姿を消していった。藤原彰『飢死した英霊たち』によれば、十五年戦争で亡くなった二四〇万人の陸軍兵士のうち八〇％が飢死か海没したと推定されている。「劇場にて」の〈父〉は、徴兵検査で甲種・乙種の合格ではなく、身体虚弱と判定された丙種だったのだろう。通常であれば兵士になることはなかったが、損害の多かった日中戦争からアジア太平洋戦争の過程では、召集対象となった。〈父〉も一九四四年に召集され、フィリピンのルソン島近海で亡くなったと記されている。「沈められた輸送船は三千六百隻以上、九百万総トン、人命被害は二十万三千人余」というのは輸送船の被害を示している。民間船舶の海員は、戦時に召集され、次々とアメリカの潜水艦の目標となり、沈められた。政府の責任で調査が進められなかったため、戦没船を記録する会と全日本海員組合がその被害状況を解明した結果が、先の数字であり、それは神戸市の〈戦没した船と海員の資料館〉にある。同館には、輸送船など一般汽船三五七五隻のほか、機帆船（多数が海の監視艇として徴用された）二〇七〇隻、漁船（漁業の他監視艇としても徴用された）一五九五隻を含め七二四〇隻が沈められたとの表示がある。それらがどこで沈められたのかを戦後確認したのは、日本政府ではなく、全日本海員組合や資料館の苦労の結果である。戦後責任に対する政府の無責任さを浮き彫りにする問題でもある。

総動員体制で国力を超える戦争を遂行していた日本は、台湾や朝鮮という植民地を、資源や軍需工業の設立などで最大限利用した。植民地への差別構造をぬぐえなかったので、徴兵制の施行は長く行わず、軍属や労働力として活用していた。後者が強制連行を含む政策で、それで内地へ連れて来られたが、空襲で全員死亡となった伝承を素材とするのが、本書の「怪談」である。

原爆の製造には失敗した日本だったが、細菌戦や毒ガス戦の準備は進めていた。小部隊の配置が多かった中国戦線では、大本営は毒ガスの使用を認めており、劣勢挽回の為しばしば使用させた。その生産地が広島県の大久野島である。細菌戦研究は、満洲国のハルビン近郊に設置された関東軍防疫部で取り組まれた。部隊長石井四郎の名を取って〈石井部隊〉とも、秘匿番号で〈七三一部隊〉とも呼ばれた。東京の陸軍軍医学校を軸とする生物兵器開発研究のネットワークがハルビンから東南アジアまで張り巡らされた。一方で医学医療の成果を検討するための人体実験や生体解剖が、このネットワーク内で行われた。こうした情報は、戦後に米軍が石井らから引き取る代わりに免責することで隠蔽された。戦後の医学界はこのことに沈黙し、責任追及も事態の検証も行わなかった。それは彼ら軍医が敗戦後の医学界のリーダーとなったためである。そのことを医学界内部で究明することを目指したのが〈15年戦争と日本の医学・医療研究会〉で、二〇〇〇年六月に結成された。七三一部隊の資料などの収集や解明を進めていたが、メンバーの中から、京都大学が戦後彼らに学位を授与していた、その材料に生体解剖を使っているのではないか、その学位は取り消すべきだという運動を始めた人たちもいる。京大は、拒否したが、最近、前近代の琉球人の遺骨を返還せよという運動に対しても、拒否を表明しており、戦前の帝国大学の体質はまったく変化していない。

「八月の遺書」は、このことを知った若い医師が、悩みながら前へ進む物語。祖母に、君も生体解剖に参加した、と伝えて来た〈奥泉医師〉は、吉開那津子『消せない記憶――湯浅軍医生体解剖の記録――』（日中出版、一九八一年）で明らかにされた湯浅謙軍医がモデルだろう。

アジア太平洋戦争の開戦半年後の一九四二年六月のミッドウェー海戦の敗北後、日本海軍は戦艦・巡洋艦・空母など主力艦艇を失っていった。連合艦隊が幻のものとなった段階で、大本営海軍部が考案したのが、飛行機に爆弾を装備し人間もろとも突っ込ませるという〈特攻〉作戦だった。乗員が必ず死ぬ、「十死零生」の作戦の責任から免れるため、大本営も海軍の参謀たちも、第一航空艦隊司令長官大西瀧次郎中将の発案とか、志願した人々による作戦だと偽り続けてきたが、近年の研究で、大西の命令の前に、東条英機首相兼陸軍大臣兼参謀総長と嶋田繁太郎海軍大臣兼海軍軍令部総長が、航空機の体当たり攻撃や特攻兵器の開発を命じていたことが明らかとなった。また昭和天皇も、最初の特攻作戦の結果を聞いて、「そこまでせねばならなかったのか。しかし、よくやった」と容認の発言をし、海軍は、天皇が褒めたとして宣伝していった。「青の断章」は、海軍の神風特別攻撃隊の隊員武村忠俊を主人公にし、「新しい良い日本が必ず生まれる。

俺たちの死の意味はそこにこそある」と特攻死を意味づける。参謀たちの無道さとは別に、出撃していった特攻隊員たちは、このように位置づけるしか、〈二十歳の人生〉に納得できなかっただろう。より豊かな人生があったはずの青少年たちの善意を悪用した軍部は批判されねばならない。

能島龍三には、長編小説『遠き旅路』（「しんぶん赤旗」に二〇一八年一月一日から八月三一日まで連載。新日本出版社、二〇一九年一月刊行）がある。亡父の日中戦争以来の戦友である岡田誠三郎を主人公にすえて従軍と復員を捉えた作品である。本書は、同じ想定ではないが、もう一度〈戦争と民衆〉を考えてみようとしたもので、長編小説とは違った味わいがある。各編に、戦争責任や戦後責任を自分に引き受けて生きていこうとする人々の苦闘が通底している。

能島　龍三（のじま・りゅうぞう）
一九四九年群馬県生まれ。群馬大学教育学部卒業。長く東京都公立学校教員をつとめる。日本民主主義文学会会員。
小説集に『虎落笛』『風の地平』（本の泉社）、『分水嶺』（光陽出版社）、『夏雲』『遠き旅路』（新日本出版社）など。

八月《はちがつ》の遺書《いしょ》

能島龍三《のじまりゅうぞう》短編小説集《たんぺんしょうせつしゅう》

二〇二一年　一一月六日　初版第一刷発行

著　者　能島　龍三
発行者　新舩　海三郎
発行所　本の泉社
〒一一二-〇〇〇五
東京都文京区水道二-一〇-九　板倉ビル二階
TEL　〇三（五八一〇）一五八一
FAX　〇三（五八一〇）一五八二
http://www.honnoizumi.co.jp/
印刷　音羽印刷株式会社
製本　株式会社村上製本所
表紙イラスト：Benjavisa R./ PIXTA

ISBN978-4-7807-1832-4　C0093